$5 \cdot 2 + 4 = 14$

$3 + 5 \cdot 3 =$ ~~45~~ 18 ← Punkt vor Strich!

$6 + 1 \cdot 5 - 2 =$ ~~21~~ 9

$5 \times 4 = 20$

$10 - 6 \div 2 + 3 = 10$

$8 + 7 - 6 \cdot 2 = 3$

$\frac{300}{30} = 10$

Fritz Fassbinder

Rocky,
DIE GANGSTER UND ICH

Für Hilde,
David und Frank

Fritz Fassbinder

Rocky, die Gangster und ich

Oder: Wie Mathe mir das Leben rettete (echt jetzt!)

magellan

1.

Ist euch schon mal der Teufel begegnet?

Nein?

Mir aber. Fast jeden Tag sogar. Er heißt Wolfgang Teufel und ist mein Mathelehrer. Und mit ihm ging der ganze Mist los.

»Heute gibt's bestimmt die Mathearbeit zurück«, hatte Mama vor einer Stunde zum Abschied an der Haustür gesagt. »Du hattest ja ein gutes Gefühl, vielleicht können wir endlich aufatmen!«

Aufatmen, gutes Gefühl?! Ich hatte zwar viel gebüffelt, hatte aber nach der Arbeit alles andere als ein gutes Gefühl gehabt, traute es mich nur nicht zu sagen.

Denn, wenn ich diese Arbeit auch wieder vergeigt hatte, wurde es mit der Versetzung langsam wirklich eng.

Mein Herz wummerte wie ein Presslufthammer, als der Teufel an der Tafel auf und ab spazierte und in den Matheheften herumblätterte. Das machte er immer so. Total fies. Dann schaute er auf und lächelte freundlich. Das war noch fieser. Denn das Lächeln galt nur seinen Lieblingen. Die Hefte waren nämlich nach Noten sortiert. Zuerst kamen die Besten, und mit Evi Oberschlau ging's immer los. Sie saß genau vor mir, war schon total hibbelig und hatte nur noch eine Pobacke auf der Stuhlkante. Gleich würde sie losflitzen und ihre Eins plus abholen.

»Felix!«, rief der Teufel laut durchs Klassenzimmer.

Wie, was?! Felix?

»Felix Keller!« Diesmal rief er noch lauter und schaute in meine Richtung.

Tatsächlich. Der meinte mich.

Alle Köpfe drehten sich zu mir. Alle hatten den Mund offen stehen und glotzten mich an, als hätte ich mich gerade in ein Mathegenie verwandelt.

»Häh?!«, machte Evi und rutschte auf ihren Stuhl zurück.

Der Teufel schaute immer noch zu mir und wedelte mit einem Heft herum. Eselsohren und Gekritzel unten links auf der Umschlagseite. Eindeutig meins!

Vorsichtig stand ich auf und ging den schmalen Gang zwischen den Bänken entlang zur Tafel. Zuerst noch ziemlich wackelig, dann aber aufrecht und stolz wie ein Olympiasieger, der gleich die Goldmedaille umgehängt kriegte. Fehlte bloß noch die Nationalhymne.

Beim Teufel angekommen, streckte ich die Hand nach meinem Heft aus. Doch statt es mir zu geben, hielt er es hoch und sagte: »Die Letzten werden die Ersten sein!«

Hä? Was meinte er denn damit? Und wieso grinste er auf einmal so megafies?

»Mein lieber Felix, ich hab heute mal die Reihenfolge geändert … Hier!« Er gab mir das Heft. »Setzen, Sechs!«

Was der Teufel dann noch sagte, hörte ich nur noch dumpf, wie durch Watte. Genau so wie das Gekicher hinter mir.

Dann gaben meine Füße nach und mir wurde schwarz vor Augen.

Da kommt jemand!

Ich bin doch noch so müde.

Weiterschlafen, von einem saftigen Knochen träumen … und die Schritte im Flur nicht hören, das wäre jetzt schön.

Geht aber leider nicht, der Chef kommt angeschlurft, das rieche ich genau. Wieso ist der überhaupt schon auf?

»Los, Rocky! Aufstehen!«

Jetzt krault er mich wie blöd. Und außerdem riecht er total nach Badezimmer. Was ist heute bloß los? Kein zackiges Kommando, kein scharfer Ton. Da wird man jahrelang hochgescheucht, bekommt klare Befehle … und jetzt ein Gekraule wie bei einem kleinen Welpen.

Wonach duftet es hier so köstlich? Uff, riecht das gut. Das kommt eindeutig aus der Küche! Mein Chef macht sich gerade auf den Weg dorthin. Das riecht vielleicht gut! Nichts wie hinterher, das ist ja nicht auszuhalten. Hoch jetzt, los! Auweia, wieso knackst mein Rücken so? Das habe ich öfter in letzter Zeit. Vielleicht strecken? Nein, strecken muss warten, mein Magen knurrt ohne Ende. Kurzes Gähnen, aber dann steh ich auf!

»Peng!«, knallt die Küchentür vor meiner Nase zu. Gemeinheit. Ich rieche es durch die geschlossene Tür: Knochen. Und Fleisch! Leckeres Eis muss auch in der Nähe sein. Das gibt's doch nicht. Am frühen Morgen?! Eis ist das Allerbeste!

Verdammt, riecht das gut! Wieso geht die Tür nicht auf? Nicht bellen jetzt. Auf gar keinen Fall, das regt den Chef nur auf. Vielleicht an der Tür kratzen?

Der Chef hat mich vergessen. Sitz machen vielleicht? Ja, Sitz machen. Uff, uff, riecht das gut. Bloß nicht losbellen. Bellen wegen Fressen gibt Ärger, Sitz machen wird belohnt.

Wie soll man so einen herrlichen Geruch aushalten? Das Wasser läuft mir im Maul zusammen.

Wieso bekomme ich heute Morgen überhaupt mein Lieblingsfressen? Das gibt's doch sonst nur bei ganz gefährlichen Einsätzen. Vielleicht steht ja einer an? Bestimmt. Wird auch mal wieder Zeit. Endlich, die Tür geht auf!

»Na, komm rein, alter Junge, und lass es dir schmecken!«

Das hört sich nicht so an wie sonst, und wieso schaut mir der Chef nicht in die Augen? Egal. Mann, riecht das gut!

Das war vielleicht lecker! Immer wieder muss ich mir über die Schnauze lecken, die letzten Reste vom Lieblingsfressen schmecken.

Der Chef macht die Haustür auf. Juhu, es geht raus!

Brav bei Fuß jetzt. Wenn bloß der Gestank nicht wäre. Kaum auszuhalten, wie die Klamotten vom Chef wieder nach Waschmaschine riechen. Aber egal, Hauptsache, wir sind auf dem Weg zum Dienstgebäude der Hundestaffel!

Die Strecke kenne ich in- und auswendig, aber es gibt immer was abzuchecken. Der Laternenpfahl an der Straßenecke zum Beispiel muss auf jeden Fall überprüft werden. Das ist hier immer noch mein Revier!

Stopp! Da ist was. Eine frische Duftmarke?! Die kenn ich doch. Eindeutig die aufgeblasene Bulldogge, die sich hier neuerdings rumtreibt. Höchste Zeit, dass ich dem Angeber zeige, wer der Chef im Revier ist. Der Kerl ist aber weit und breit nicht zu sehen. Kurz drüberpinkeln muss reichen, der Chef zieht mich schon Richtung Kreuzung.

Das obere Männchen leuchtet, das heißt, erst mal warten. Dahinter taucht bereits die Bäckerei auf. Da muss man schnell vorbeidüsen, so gut, wie es da riecht. Nase zu und durch! Die frischen Krapfen im Korb verströmen so einen köstlichen Duft, dass ich da immer ganz schwach werde.

Dann riech ich es plötzlich. Das kann selbst der Krapfenduft nicht überdecken. Den Geruch kenn ich von vielen Einsätzen: Angstschweiß. Mein Chef hat Angst. Eindeutig. Jetzt merke ich es auch an der Leine. Das kommt von der Hand, die sie hält, sie zittert.

Wovor fürchtet sich der Chef bloß? Wir sind doch noch nicht im Einsatz. Oder doch? Ich halte die Nase in die Luft. Nein, nichts Besonderes!

Bei einer alten Fabrik geht's endlich los. Mein Chef hat mich an einen Kollegen abgegeben, das macht aber nichts. Ich bin jetzt im Dienst.

»Such, Rocky, such!«

Ich werde von der Leine gelassen.

Katzen. Das Erste, was ich wittere, sind Katzen. Hätte ihnen zwar gerne nachgespürt und ein wenig Angst eingejagt, aber ich bin im Einsatz! Andere Hunde waren auch hier, riecht man ganz genau. Muss mir egal sein. Suchen! Los. Suchen!

Ich strecke die Schnauze in die Höhe und ziehe die Luft ein.

Moment … Ein Hauch nur, aber da ist etwas!

Jetzt ist es wieder weg.

Es kommt aus der Fabrikhalle. Ich gehe langsam dorthin. Da ist es wieder! Eindeutig jetzt: Schießpulver, Waffen … irgend so was. Woher kommt das? Vorsichtig schleiche ich durch die Halle. Die Witterung wird stärker, aber der Weg ist von großen Containern versperrt. Ich laufe hin und her. Kein Durchkommen. Obendrüber geht auch nicht. Nichts zu machen, mein Rücken knackst wieder so komisch …

Halt, was ist da? Ich strecke die Nase hoch und ziehe die Luft ein. Tatsächlich. Mein Chef! Ich rieche seine Angst. Jetzt aber los. Ich muss so schnell wie möglich hinter die Container kommen.

Bei einem steht die Tür halb offen. Drinnen ist es dunkel. Kann ich es wagen? Oder ist es eine Falle? Wenn hinter mir die Tür zuschlägt, bin ich vielleicht gefangen. Vorsichtig die Schnauze reinstecken. Ich spüre einen Windzug mit einer stärkeren Witterung meines Chefs. Das riecht nach einem Weg. Ich muss es riskieren, der Chef ist in Gefahr.

Es ist dunkel im Container. Der Witterung nachgehen. Vorsicht. Was ist das? Eine Tür vielleicht? Dagegendrücken. Tatsächlich, sie gibt nach. Es wird wieder hell.

Dann sehe ich meinen Chef am anderen Ende der Halle. Bei ihm steht ein Mann mit einer Pistole. Was macht er? Will er auf meinen Chef schießen?

Ich jage sofort los. Schneller! Ich muss schneller werden. Geht aber nicht. Meine Beine fühlen sich so schwer an wie am Morgen, und im Rücken knackt es auch schon wieder. Ich bekomme nicht genügend Luft.

Der Mann hebt die Pistole. Hoffentlich reicht das noch!

Springen?

Der Chef schaut her. Den Blick kenne ich. Der Chef ist traurig. Enttäuscht.

Springen?

Nein, reicht noch nicht.

Ich belle laut und setze mit letzter Kraft aus vollem

Lauf zum Sprung an. Mit aufgerissenem Rachen fliege ich auf den Mann zu. Das reicht, gleich hab ich ihn. Den Arm schnappen. Dann wird alles wieder gut. Der Chef wird nicht mehr enttäuscht sein.

Ich bin noch in der Luft, da kracht der Schuss.

»Aus, Rocky! Aus!«

Die Stimme vom Chef. Den Knall noch in den Ohren und die frischen Schmauchspuren in der Nase, verbeiße ich mich immer wütender in den Arm des Angreifers. Ich zerre und knurre wie wild.

»Aus, hab ich gesagt! Rocky!«

Ich will dem Befehl nicht gehorchen. Er hat doch auf meinen Chef geschossen!

Langsam beruhige ich mich und lasse los. Da ist kein Menschenblut. Stoff und Plastik anstatt Haut und Blut. Ich habe gar nicht in einen Arm gebissen, sondern in eine dicke Polsterung. Der Angreifer ist völlig heil. Und mein Chef gesund und munter. Was ist hier los?

Jetzt erkenne ich den Mann mit der Pistole. Ich habe ihn schon einmal gesehen. Da hat er eine Polizeiuniform angehabt. Also doch kein Böser.

Jetzt kapiere ich: Eine Übung. Zum Glück! Wäre das Ernst gewesen, mein Chef wäre tot. Weil ich zu langsam war.

Mit hängendem Kopf trotte ich zu ihm. Er tätschelt mir den Hals, so, wie er es den ganzen Morgen schon getan hat. Aber er kann mich nicht trösten.

Die Übung ist nicht gut gelaufen. Der Fehler war schlimmer als sonst. Da kommt bestimmt noch ein Donnerwetter.

2.

Vier Wochen später saß ich beim Frühstück und brachte keinen Bissen runter. Ich konnte meine geliebten Nutella-Brote nicht einmal anrühren. Und geschlafen hatte ich auch kaum. Vorgestern hatte der Teufel vor der ganzen Klasse angekündigt, dass er meinen Eltern einen Brief schicken würde. »Versetzung gefährdet!« würde drinstehen.

Die halbe Nacht hatte ich mich hin und her gewälzt, geschwitzt wie blöd und vom Teufel geträumt: … ich gehe vor, mein Matheheft abholen. Ich muss die Tafelflügel öffnen. Es wird heiß, die ersten Flammen züngeln mir entgegen.

»GANZ AUFMACHEN!«, schreit der Teufel hinter mir.

»AUFMACHEN, AUFMACHEN!«, brüllt die Klasse.

Hitze schlägt mir entgegen … und dann sehe ich ihn … den Höllenschlund … mitten in der Tafel … ich spüre, wie mir jemand einen Tritt in den Hintern verpasst, ich taumle dem Abgrund entgegen, es wird immer heißer …

Puuh. Das war vielleicht eine Nacht.

»Geht's dir nicht gut?«, fragte Mama, während sie meiner kleinen Schwester Anna dick Erdbeermarmelade aufs Brötchen schmierte. »Du siehst schlecht aus.«

»Alles okay«, log ich, wischte mir den Schweiß von der Stirn und linste aus dem Fenster, zum Gartenzaun, an dem der Briefkasten hing. In zwei Stunden kam die Post, und dann würde Mama den Teufel-Brief in der Hand halten und sofort wieder Stress bekommen. Sie würde sich megamäßig Sorgen machen. Dabei hatte sie sich nach meinem Ohnmachtsanfall gerade halbwegs beruhigt. Aber erst, nachdem der Arzt Entwarnung gegeben hatte: »Kommt vom Wachsen!«

Und überhaupt: Wieso musste der Teufel mit seinem doofen Brief ausgerechnet jetzt aufkreuzen? Der hätte doch locker noch ein paar Tage warten können!

Schließlich schrieben wir übermorgen die letzte Mathearbeit. Da hatte ich noch voll eine Chance. Wenn ich da eine Eins schaffte oder wenigstens eine Zwei, dann wäre alles gut und der blöde Brief total überflüssig.

»Vielleicht bleibst du heute besser zu Hause«, schlug Mama vor. Sie sah ziemlich besorgt aus. »Nicht, dass du wieder umkippst.«

Ich hatte schon ein »Alles gut« auf den Lippen, sagte aber dann leise und zittrig: »'n bisschen schummrig ist es mir schon …«

Mir war nämlich eine geniale Idee gekommen: Wenn ich den Brief abfangen konnte, bevor Mama ihn zu sehen kriegte, war ich aus dem Schneider. Zumindest fürs Erste. Ich musste dann nur noch eine Eins oder eine Zwei in der Mathearbeit schreiben, und alles war gut.

Und wenn's schiefging, konnte ich den Brief immer noch in den Briefkasten zurückbefördern. Den hatte dann halt die lahme Post ein paar Tage verbummelt.

Der erste Teil meines Plans war aufgegangen, ich durfte zu Hause bleiben. Von meinem Zimmer im ersten Stock konnte ich die halbe Straße sehen. Es war fünf nach zehn, doch weit und breit kein gelbes Fahrrad in Sicht. Wo blieb der Kerl bloß? Hatte ich ihn übersehen? Vielleicht, als ich an einer dieser blöden Textaufgaben herumgerechnet hatte? Die hatte mir Mama aufgegeben, wenn ich schon nicht zur Schule ging.

Ich sollte zum Beispiel ausrechnen, wie lange ein paar Italienurlauber mit ihrem Auto zum Mittelmeer brauchten. Meine Ergebnisse waren total daneben, die konnten nie und nimmer stimmen. Einmal waren die Leute fünf Tage unterwegs, einmal eine halbe Stunde.

Dann hörte ich etwas. Draußen. Da klapperte doch was. Ein Fahrrad. Ich lief ans Fenster. Der Postbote stand neben seinem Rad und kramte die Briefe aus seiner großen Tasche heraus.

Jetzt aber los. Ich düste aus dem Zimmer und die Treppe runter, wobei ich beinahe Anna umgerannt hätte. Ich war schon fast an der Haustür, als es plötzlich laut knackte. Mein linker Fuß rutschte weg, ich ruderte wie blöd mit den Armen und landete voll auf dem Arsch. Autsch!

Bestimmt wieder eine von Annas doofen Puppen. Klaro. Ihr Kopf war total eingedellt.

»Was ist denn hier los?«, Mama kam aus der Küche gestürzt.

»Ich … ich …«, eierte ich herum, halbwegs wieder auf den Beinen, »… muss dringend aufs Klo. Hab vor lauter Rechnen gar nicht gemerkt, wie dringend es ist.«

Mama schüttelte den Kopf, schaute auf die Puppe und schickte Anna dann einen bösen Blick. Die merkte jetzt erst, was passiert war, und brüllte natürlich los. Selbst schuld. Trotzdem schnappte ich mir die Puppe, beulte den lädierten Kopf wieder aus und brachte sie meiner kleinen Schwester. Die schloss sie sofort fest in die Arme und wurde zum Glück gleich ruhiger.

»Komm zu mir in die Küche«, sagte Mama zu Anna.

Als beide weg waren, rieb ich mir den Po und schlich weiter zur Haustür.

»Wolltest du nicht auf die Toilette?«, sagte auf einmal eine Stimme hinter mir. »Ich dachte, es sei dringend?«

Mist. Mama.

»Äh … ja …«

»Dann mach. Ich hole inzwischen die Post.«

Verdammt! Der schöne Plan im Eimer! Ich hätte heulen können. Statt zum Briefkasten schlurfte ich aufs Klo, dann in mein Zimmer und zwang mich wieder an die blöde Matheaufgabe. Klappte aber nicht, ich stellte mir die ganze Zeit vor, was gerade einen Stock tiefer passierte. Mama sah wahrscheinlich die Briefe durch, sie würde den aus der Schule entdecken, aufmachen und dann – ich schluckte. Jeden Augenblick konnte sie mich in die Küche rufen.

Doch es blieb still.

Was war da los?

Mama musste den Brief längst gelesen haben. Vielleicht überlegte sie gerade, wie sie das mit mir besprechen sollte. Vielleicht rief sie auch zuerst Paps im Geschäft an, das machte sie immer bei oberwichtigen Sachen.

Dann hielt ich es nicht mehr aus. Ich musste wissen, was los war. Also schlich ich auf Zehenspitzen aus dem Zimmer.

Die Küchentür stand offen. Außer dem Klappern eines Topfdeckels war nicht viel zu hören. Zumindest kein Telefonieren. Vorsichtig schlich ich in die Küche. Meine Beine waren so weich wie das Stück Butter, das Mama gerade in einer Pfanne versenkte. Dann sah ich die Briefe. Auf dem Küchentisch! Im Stapel und ungeöffnet! Daneben saß Anna und malte. Mama war mit Kochen beschäftigt und hatte sich die Post bestimmt für später aufgehoben. Leise schlich ich zum Tisch. Anna war so bei der Sache, dass sie nicht aufschaute.

»Hunger?«, fragte Mama, ohne sich umzudrehen.

»Äh … ja.«

Ich schielte zu den Briefen. Der oberste war von der Sparkasse.

»Wie läuft's mit dem Lernen?«

Nicht so toll, wollte ich schon sagen, aber dann fiel

mir etwas ein: »Ich bräuchte einen neuen Stift, der alte ist leer.«

»Warte!« Mama legte den Kochlöffel auf den Rand der Pfanne und verschwand aus der Küche. Jetzt musste es schnell gehen, sie konnte jeden Moment zurück sein.

»Ich brauch auch einen neuen Stift«, meldete sich Anna plötzlich. Sie streckte mir ihren Farbstift entgegen und war wieder hellwach.

Mist, was sollte ich tun? Anna war zwar erst vier, aber nicht blöd. Sie würde fragen, warum ich hier einen Brief klaute.

Ich wollte ihr schon sagen, wie toll ich ihr Gekritzel fand, aber dann fiel mir was Besseres ein. »Stimmt«, sagte ich, »du brauchst einen neuen Stift. Frag Mama, ob sie für dich auch einen hat.«

Anna fand die Idee super, rutschte gleich vom Stuhl und rannte aus der Küche.

Keiner mehr da, jetzt musste es schnell gehen. Ich checkte die Briefe. Der dritte war's. Eindeutig der Teufel-Brief, ein großer Schulstempel war drauf. Ich nahm ihn aus dem Stapel, steckte ihn schnell hinten in die Hose und streifte mein T-Shirt drüber. Puh, keine Sekunde zu früh, Mama war schon in der Tür und kam mit Anna auf mich zu, der ich ansah, dass es keinen neuen Stift gegeben hatte. Mama legte nicht irgendeinen Kugelschreiber auf den Tisch, sondern den schönen, der aussah wie ein echter Füller. Paps hatte ihn aus dem Geschäft mitgebracht. Ich hatte ihn nie gekriegt, weil ich angeblich alles verschlampte.

»Hier bitte!«, sagte sie lächelnd. »Du musst aber darauf aufpassen. Und nach dem Essen gehst du an die frische Luft. Das wird dir guttun. Du siehst blass aus.«

Ich nickte.

»Wieso schaust du mit Anna nicht mal wieder im Tierheim vorbei?«, schlug Mama vor. »Ihr könnt euch dort schon mal umsehen.« Sie machte eine Pause.

Was meinte sie?

»Vielleicht kriegst du ja doch noch die Kurve. Wenn's mit der Mathearbeit und der Versetzung gut läuft …« Mama zwinkerte mir zu und lächelte. »Ich hab's auch schon mit Paps besprochen.«

Ich brauchte etwas, bis ich es kapierte. Als ich es endlich schnallte, platzte ich fast vor Freude. Seit Monaten waren Anna und ich bei jeder Gelegenheit bei Onkel Max, der sich einen Hund zugelegt hatte, Arco. Und seit wir Arco kannten, wollten wir unbedingt einen eigenen Hund haben.

Ich wusste überhaupt nicht, was ich sagen sollte. Mama war einfach genial!

Der Chef zieht seine Uniform an. Zur Haustür sausen und warten. Einmal kurz bellen kann nicht schaden.

Ich sehe aber keine Leine, und es kommt auch kein »Auf geht's, Rocky!«. Und die Tür nach draußen geht auch nicht auf. Der Chef wirft meinen Spielknochen ans andere Ende des Flurs, und bis ich damit zurückkomme, hat die Tür »Peng!« gemacht, und mein Chef ist nicht mehr da. Einfach weg. Ohne mich.

In den ersten Tagen bin ich noch lange im Flur sitzen geblieben, habe gehofft, dass er zurückkommen und mich holen würde. Manchmal bin ich bis zum Nachmittag hin und her gelaufen und habe gewartet. Irgendwann bin ich dann morgens nicht mehr zur Tür gesaust, sondern faul auf meiner Hundedecke liegen geblieben.

Bis es heute Morgen wieder mit einer oberverdächtigen Kraul-Attacke losgeht. Außerdem liegt etwas Superleckeres im Futternapf: saftige Knochen … Fleisch. Viel Fleisch! Und daneben in einer separaten Schüssel eine Kugel köstliches Eis.

Irgendwas stimmt hier nicht!

Oder hat das ganze Gekraule und das leckere Fressen vielleicht etwas mit den vielen Koffern und Taschen zu tun, die seit gestern in der ganzen Wohnung rumstehen? Das ist mir jetzt alles egal, Hunger geht vor!

Kaum habe ich mir den Bauch ausgiebig vollgeschlagen, nimmt der Chef den Spielknochen in die Hand. Kann er vergessen, dieses Mal werde ich nicht darauf reinfallen. Er wirft ihn aber gar nicht, sondern steckt ihn in die Tasche, nimmt mich tatsächlich an die Leine und geht mit mir raus. Seine Stimme hört sich zwar komisch an, und normalerweise spricht er auch nicht so viel. Aber egal, Hauptsache, ich darf mit!

Ich laufe ganz dicht bei Fuß und mache keinen Mucks, kein Hochschauen, kein Garnichts. Nur brav sein, ja, kurz mit dem Schwanz wedeln, schließlich freue ich mich, das darf ruhig jeder sehen.

Wo laufen wir hin? Einmal hochschauen muss drin sein. Wie sieht der Chef aus? Streng? Nicht so streng? Schwer zu sagen, er schaut nicht her.

Wir gehen nicht den üblichen Weg zur Hundestaffel. Keine Laterne an der Straßenecke und auch kein Bäcker mit duftenden Krapfen. Es geht nur über die Straße, wo bereits ein Polizeiauto wartet. Die Klappe ist offen, ich springe sofort in die Box. Steht ein dringender Einsatz an? Egal, wohin wir fahren, endlich darf ich wieder mit!

Die Fahrt dauert. Bloß nicht ungeduldig werden. Nicht bellen. Wird bestimmt gleich sehr gefährlich,

ich kann nämlich den Angstschweiß des Chefs riechen. Super! Nach der öden Zeit zu Hause habe ich wirklich große Lust auf einen Einsatz. Als das Auto langsamer wird, springe ich auf und spitze die Ohren.

Der Wagen hält an. Es kribbelt schon. Noch mehr, als der Chef aussteigt. Gleich geht's raus. Was gibt es hier? Ich kenne die Gegend nicht. Wo bleibt der Chef? Wieso lässt er mich nicht raus? Hat er mich vergessen? Bellen. Das muss jetzt sein. Einmal. Zweimal. Dreimal. Obwohl ich weiß, dass ich ruhig sein soll. Aber der Chef dreht sich nicht um, sondern geht in ein großes Haus. Verstecken sich dort die Gangster? Aber wieso darf ich nicht mit? Er könnte mich doch bestimmt gut gebrauchen.

Wieso dauert das so lange?

Jetzt kommt der Chef wieder. Ich belle. Wer ist der Mann neben ihm?

»Still, Rocky! Still!«, befiehlt der Chef, als er die Heckklappe öffnet. Aber nicht so streng wie sonst. Bei anderen Einsätzen hat sich das strenger angehört. Viel strenger. Der Chef legt mir die Leine an. Dann darf ich aus dem Auto springen.

Wonach riecht es hier? Nach anderen Tieren. Nach vielen Hunden, aber auch nach ein paar Katzen.

Zusammen mit dem fremden Mann gehen mein Chef und ich zu dem Haus, doch nicht hinein, sondern daran vorbei auf einen Hof. Die Witterung wird stärker. Jetzt sehe ich die Tiere. Sie sind alle eingesperrt. Ein paar Hunde fangen an zu bellen. Was wollen sie mir sagen? Ich bekomme ein ganz komisches Gefühl im Bauch. Kein gutes.

Der Chef steuert auf einen leeren, offenen Zwinger zu, dann geht er mit mir hinein. Soll ich hier nach etwas suchen? Es sieht nicht danach aus. Kein Suchkommando, auch wenn mein Chef mir jetzt die Leine abnimmt. Und wieso fängt er schon wieder an, mich zu kraulen? Das will ich jetzt nicht. Wir sind doch im Einsatz! So kenne ich ihn nicht.

Dann sagt er was, und mit einer raschen Bewegung richtet er sich auf und verlässt den Zwinger. Der fremde Mann schließt die Tür ab. Sie sprechen miteinander. Ich belle. Renne vor ans Gitter, schmeiß mich dagegen. Doch der Chef macht sich einfach davon und dreht sich nicht einmal mehr um.

Ich kapiere nichts mehr. Ich belle und belle, bis ich beinahe heiser bin. Andere Hunde bellen mit, sie wollen mich unterstützen. Schließlich kommt der fremde Mann zurück. Ohne den Chef. Er sagt etwas, seine Stimme klingt freundlich, trotzdem bleibe ich in der hintersten Ecke. Dann wirft der fremde Mann etwas herein. Ich renne hin. Es ist mein Spielknochen. Ich lasse ihn liegen.

Das hat bestimmt mit dem letzten Einsatz zu tun, der ja überhaupt keiner war, sondern so was wie ein Test. Wo ich zu spät gekommen bin und auf meinen Chef geschossen wurde.

Habe ich jetzt überhaupt noch einen Chef? Ich brauche doch einen. Wer bringt mir hier das Fressen?

Habt ihr eine kleine Schwester? Nervt die auch so?

Anna nervte gerade jedenfalls total. Dauernd zog sie sich ihre gepunktete Schleife aus den Haaren.

»Will ich nicht«, sagte sie bloß und drückte mir das Teil in die Hand.

Zweimal hatte ich sie schon zurück in ihr Haar geknotet, jetzt wurde mir das zu blöd. Ich stopfte die Schleife in meine Hosentasche, und als ein paar Minuten später das Tierheim in Sicht kam, war das sowieso kein Thema mehr.

Ich wollte zu den Hundezwingern, und zwar so schnell wie möglich.

Aber da stand schon jemand. Evi Oberschlau aus meiner Klasse. Oh Mann. War ja klar, dass die heute auch aufkreuzen musste!

Ich hatte sie leider schon öfter im Tierheim getroffen. Evi wollte später nämlich Tierpsychologin werden, wie sie mir beim letzten Mal erzählt hatte. Und sie tat jetzt schon so, als wäre sie die Super-Checkerin.

»Hallo, ihr beiden!« Frank, der echte Chef des Tierheims, kam aus seinem Büro. Er musste uns gesehen haben. »Schön, dass ihr mal wieder vorbeischaut.«

Ob ich ihm gleich erklären sollte, warum wir hier waren?

»Da wird sich der Hannes aber freuen«, sagte er zu Anna.

Ich hielt dann doch erst mal meine Klappe. Sonst kam Frank womöglich auf die Idee, wir interessierten uns für Hannes. Der war total langweilig, ein dicker Rauhaardackel, den wir beim letzten Mal Gassi geführt hatten.

Frank schien es eilig zu haben, aus einem Kasten, der vor dem Büro hing, holte er schnell eine Leine und den Schlüssel für Hannes' Zwinger.

»Und nicht, dass ihr euch wundert!« Frank war schon auf dem Weg zum Auto, drehte sich aber noch einmal um. »Es gibt einen Neuen!« Er zeigte mit dem Finger auf die Stelle, wo Evi die ganze Zeit schon wie angewurzelt stand. »Rocky. Ehemaliger Spürhund. Blitzgefährlich! Ein Notfall, Polizeihunde landen normalerweise nicht bei uns. Er muss für ein paar Tage hierbleiben. Sein Herrchen ist ein Freund von mir, er fährt weg und kann ihn sonst nirgends unterbringen«, erklärte Frank. »Jetzt muss ich aber los!«

Dann blieb er aber noch kurz stehen: »Wie geht's Arco?«, fragte er. »Ich hab's in der Zeitung gelesen.«

»Äh … gut … glaube ich.« Eigentlich wusste ich es gar nicht so genau. Mama konnte man in der Sache nicht trauen. Nachdem wir erfahren hatten, dass bei Onkel Max eingebrochen worden war und die Einbrecher Arco vergiftet hatten, um ihn außer Gefecht zu setzen, hatte Anna tagelang nachgefragt und jedes Mal geheult. Seitdem versicherte Mama, dass es Arco wieder gut ginge. Aber war er wirklich wieder völlig gesund? Oder sagte Mama das nur, um Anna zu beruhigen?

Zum Glück hakte Frank nicht weiter nach, weil er es eilig hatte, und war dann auch gleich weg. Aber Anna bekam schon wieder feuchte Augen und klammerte sich an mein Bein.

»Hallo, Felix!«, rief Evi und winkte von Rockys Zwinger.

Wow, ein Polizeihund! Aus wie vielen Verbrechern der wohl schon Hackfleisch gemacht hatte?

»Hi!« Ich schlurfte so lässig wie möglich zu ihr hin. Ich wollte zwar unbedingt den blitzgefährlichen Hund sehen, aber das brauchte sie ja nicht gleich zu wissen.

»Das ist Rocky!«

Das ist Rocky!, äffte ich lautlos nach. »Hat mir Frank schon erzählt.«

Dann sah ich ihn und rieb mir die Augen. Was war das denn? Ein zotteliger Schäferhund, der schon leicht grau an Kopf und Schnauze war. Das, ein Polizeihund? Okay, ein ehemaliger. Aber trotzdem. Was soll an dem bitte schön blitzgefährlich sein? Null Komma gar nichts. Der kam mir eher wie ein großer alter Plüschbär vor. Sogar Anna traute sich nach vorne und drückte ihr Gesicht an die Gitterstäbe, auch wenn sie sich sicherheitshalber immer noch an meiner Hose festhielt.

»Ausgemusterter Polizeihund!«, erklärte Evi.

»Weiß ich!« Hackfleisch machte der aus niemand mehr.

Rocky trottete schwerfällig zu uns herüber.

»Altdeutscher Schäferhund«, machte Evi weiter.

Alter deutscher Schäferhund würde besser passen, fand ich, hielt aber die Klappe. Irgendwie tat mir Rocky leid.

»Vielleicht kann er dir bald die Hand ... äh, nein, die Pfote geben.«

Evi grinste.

Was meinte sie damit? Bestimmt kam da noch was.

»Hat die Spürhund-Prüfung nicht mehr bestanden«, platzte es schließlich aus ihr heraus. »Ein Sitzenbleiber!«

Das Wort »Sitzenbleiber« kreiste in meinem Kopf, und mein Herz schlug auf einmal schneller.

Anna wurde zappelig. Sie wollte endlich zu ihrem Liebling Hannes. Rocky schnappte sich seinen Knochen, den er vor Anna abgelegt hatte, und schlich enttäuscht in seine Ecke zurück. Als hätte er verstanden, was Evi über ihn erzählt hatte.

»Ihr habt's gut«, meinte Evi. »Anna geht bestimmt gleich mit Hannes Gassi, oder? Ich muss mich um den Sitzenbleiber hier kümmern. Total langweilig.«

Schon wieder hatte sie Sitzenbleiber gesagt. Wen meinte sie eigentlich damit? Nur Rocky oder auch mich? Ich überlegte mir gerade eine passende Antwort, als mir eine bessere Idee kam: Sitzenbleiber kümmert sich um Sitzenbleiber. Es gab nur ein Problem: Wenn ich mich plötzlich für Rocky interessierte, würde Evi Verdacht schöpfen. Garantiert. Und dann würde sie nicht mehr tauschen wollen.

»Ich glaube, mit Hannes stimmt was nicht«, versuchte ich es mit einer Notlüge. »Der benimmt sich neuerdings so komisch. Ist nicht so gut drauf, so … keine Ahnung … irgendwie psychomäßig. Stimmt's, Anna?«

Anna schaute mit großen Augen zu mir hoch, blieb aber zum Glück still.

»Vielleicht braucht er mal jemanden, der ihn besser

versteht? Also, jetzt so … so … psychologisch, meine ich.«

Evi nahm die Hand ans Kinn, schaute superwichtig, erst zu Rocky, dann zu mir, und sagte: »Ich hab Frank aber versprochen, dass ich mich um den da kümmere.«

»Wenn's sein muss, kann ich ja einspringen«, schlug ich vor. »Hannes macht mir nämlich echt Sorgen.«

Evi überlegte kurz, dann meinte sie: »Wäre ja gelacht, wenn ich nicht helfen könnte. Komm, Anna, wir schauen mal, was da los ist.«

Evi nahm Anna an der Hand und machte sich auf den Weg zu Hannes.

Wenig später sah ich, wie die beiden den dicken Rauhaardackel an der Leine aus seinem Zwinger zerrten. Er wehrte sich mit allen vier Pfoten und setzte sein ganzes Körpergewicht ein. Da brachte er zwar einiges auf die Straße, es war aber zwecklos, er musste mitwatscheln.

3.

So, so, durchgefallen«, sagte ich und ging ganz dicht an den Zwinger heran. »Sagen sie zu mir vielleicht auch bald.«

Rocky stand gelangweilt in seiner Ecke und interessierte sich nur für seinen Spielknochen. Zumindest tat er so. Aber er spitzte die Ohren, das sah ich genau.

»Kann mir schon denken, was da los war: Du bist nicht mehr der Schnellste, oder?«

Wie um das zu bestätigen, trottete Rocky gemächlich herüber und legte den Knochen direkt vor mir am Gitter ab. Dann schlich er wieder zurück.

War klar, was er wollte: Spielen. Jemand sollte

den Knochen werfen. Um das zu kapieren, musste man kein Tierpsychologe sein. Ich ging in die Knie und streckte die Hand durch die Gitterstäbe nach dem Knochen aus. Ich war mit den Fingerspitzen schon fast dran und wollte gerade zugreifen, als ich plötzlich einen schwarzbraunen Blitz auf mich zurasen sah. Und einen weit offenen roten Hunderachen mit riesigen spitzen Zähnen! Oh Gott! Ich war starr vor Schreck. Blitzgefährlich!, schoss mir durch den Kopf. Meine Hand, er wird Hackfleisch aus meiner Hand machen! Dann gaben meine Füße nach und mir wurde wieder schwarz vor Augen.

Wieso ist der Junge zusammengesackt? Das war doch nicht meine Schuld. Oder doch? Ich habe ihn nicht mal berührt! Was habe ich denn jetzt schon wieder falsch gemacht?

Dabei hab ich mich so gefreut, dass der Junge dageblieben ist. Ich wollte nur den Knochen wegschnappen. Nicht, dass den wieder einer wirft, ich komme mit dem Spielzeug zurück, und dann ist niemand mehr da. So, wie's beim Chef gewesen ist. Außerdem muss ich doch zeigen, dass ich immer noch schnell bin und dass man was mit mir anfangen kann.

Jetzt kläfft auch noch die halbe Portion vom Nachbarkäfig blöd rum. Da muss ich kurz rüber, der hat mich von Anfang an nicht gemocht. Na warte. Oder? Nein, der ist mir jetzt egal. Das hat Zeit, dem kann ich später noch Bescheid geben. Was ist mit dem Jungen los? Vielleicht kann ich was tun?

Ich drücke mich ans Gitter und versuche, ihn vorsichtig mit meiner Schnauze anzustupsen. Geht nicht, da komme ich nicht richtig ran.

Er rührt sich nicht.

Ich lecke ihm über die Hand, so gut es durch die Gitterstäbe möglich ist.

Was war das? Ein Seufzer.

Er lebt!

Uff, er lebt! Ich rieche keine Verletzungen. Kein Blut. Aber warum macht er die Augen nicht auf?

Ich belle, so laut ich kann.

Jetzt tut sich was. Er beginnt, sich zu rühren. Endlich.

Und die halbe Portion von nebenan rührt sich auch schon wieder. Der meint wohl, er muss zeigen, wer hier Chef ist. Das kann er vergessen! Jetzt kommt er ans Gitter und knurrt rüber. Eigentlich habe ich für den jetzt keine Zeit. Gut, kurz zurückknurren kann nicht schaden. Das muss man machen. Aber dann gleich richtig, nicht so ein Katzen-Angst-machen-Knurren.

Lefzen hoch, Zähne zeigen, böse sein … das volle Programm. Vielleicht trollt er sich ja gleich wieder. Macht er nicht. Ich sehe genau, wie er das Bein heben will. An meinem Zaun! Nicht mit mir.

Ich lasse den Kerl dann aber doch machen, denn der Junge rappelt sich auf. Der ist jetzt wichtiger. Gleich noch mal richtig losbellen. Nicht, dass er wieder einschläft.

Was war das für ein Gebell direkt vor mir? Dann kapierte ich: der Gummiknochen, der schwarzbraune Blitz, meine Hand, der offene Rachen, die spitzen Zähne. Rocky!

Ich traute mich nicht, die Augen aufzumachen. Mein Herz raste wie beim Hundert-Meter-Lauf. Mit der linken Hand hielt ich mich immer noch krampfhaft am Zwinger fest. Die rechte tat weh, aber nicht so schlimm, wie ich dachte, nachdem Rocky zugebissen hatte. Musste aber nicht unbedingt was bedeuten. Paps hatte mir mal erzählt, dass es bei schlimmen Verletzungen nicht sofort richtig wehtat, sondern erst später.

Ich traute mich nicht hinzusehen. Dann riskierte ich es doch: Sah gut aus, sah richtig gut aus. Alles noch dran! Eins, zwei, drei, vier, fünf! Alle Finger da! Kein Blut, nix.

Puuh, Schwein gehabt. Rocky hatte mich überhaupt nicht gebissen. Was wehgetan hatte, waren nur die paar Kratzer auf dem Handrücken, die ich mir wahrscheinlich am Gitter geholt hatte.

Rocky stand zwei Meter entfernt und bellte. Der Spielknochen lag vor ihm. Nachdem ich mich aufgerappelt hatte, nahm er den Knochen wieder ins Maul, kam zu mir an den Zaun, legte ihn ab, bellte einmal kurz, ging wieder in seine Ecke und tat, als wäre überhaupt nichts gewesen. Er wollte tatsächlich das gleiche Spielchen noch einmal machen.

»Das kannst du vergessen. Ohne mich!«

Er ließ aber nicht locker. Rocky nahm den Knochen wieder ins Maul, drehte eine Runde im Zwinger, legte ihn vor mir ab, sah mich auffordernd an und hechelte mit seiner langen Zunge.

»Na schön, ich weiß jetzt, wie's geht. Und glaub bloß nicht, dass du immer gewinnst!«

Ich schob die Hand wieder durchs Gitter und tat so, als würde ich nach dem Knochen greifen, während Rocky angerast kam und ihn wieder wegschnappte.

Gar nicht so langsam, der alte Knabe.

Jetzt war's sogar ganz witzig. Wir spielten es noch dreimal, jedes Mal gewann Rocky, und immer bellte er vor Freude. Schien ihm wirklich viel Spaß zu machen.

Aber beim vierten Mal schob ich meine Hand gaaaanz langsam Richtung Knochen. Der Kerl ließ mich nicht aus den Augen, ich ihn aber auch nicht. Na warte, wäre doch gelacht. Als meine Finger dicht über dem Knochen schwebten, schoss Rocky heran. Doch diesmal war ich schneller.

Mist, trotzdem nicht schnell genug! Ich kriegte die Hand nicht mehr rechtzeitig aus dem Zwinger.

Schnappte er jetzt? Ich kniff die Augen zusammen.

Alles, was ich spürte, war eine warme, feuchte Hundeschnauze. Rocky hatte mich nur mit der Schnauze angestupst, hob den Kopf, hechelte und schaute mich aus großen Hundeaugen an.

»Wau, wau, wau!«, bellte ich jetzt und zeigte Rocky den Knochen in meiner Hand.

»Wuff!«, machte Rocky.

»Komm mal her.« Ich ließ den Knochen fallen und streckte die Hand in den Zwinger.

Rocky zögerte kurz, schnupperte dann an meinen Fingern und leckte mit seiner rauen Zunge darüber. Anschließend kraulte ich seinen Hals und seinen Kopf. Das dicke, lange Fell fühlte sich toll an. Dabei sabberte er mir meine Arme voll.

Wenn ein Rauhaardackel rausdurfte, warum nicht

auch ein Schäferhund? Rocky würde sich über einen kleinen Spaziergang bestimmt freuen, und Evi und Anna Augen machen, wenn ich mit Rocky daherkam.

Ich lief zum Büro, um Frank zu fragen. Er war aber immer noch weg. Hmmm? Ich wusste, wo die Schlüssel und die Leinen hingen. Ich zögerte. Durfte ich mich selbst bedienen? Vermutlich nicht. Wo Frank wohl steckte und wann er zurückkam? Ich schaute auf meine Uhr – und erschrak.

Mist, schon so spät! In zehn Minuten musste ich Anna zu Hause abliefern und mich selbst wieder an die blöden Rechenaufgaben setzen. Da verstand Mama keinen Spaß. Vor allem, wenn Anna dabei war.

Und anrufen konnte ich auch nicht. Mein Handy hatte ich erst gar nicht mitgenommen. Der Akku war total im Eimer, kaum hatte ich ihn aufgeladen, war er wieder leer.

Was sollte ich tun? Ich wusste noch nicht einmal, wo Anna und Evi hingegangen waren.

Moment! Hatte Evi nicht erzählt, dass Rocky ein Spürhund war?

Kurze Zeit später stand ich wieder vor dem Zwinger, mit dem Schlüssel in der einen und einer Leine in der anderen Hand. Rocky empfing mich mit lautem Gebell und Schwanzwedeln. Ich zögerte und schluckte, dann schloss ich auf. Mein Herz raste vor Aufregung, als ich zu ihm reinging. Wenn er mich jetzt angriff, war ich verloren.

Es ging aber alles gut. Rocky wedelte weiter mit dem Schwanz, trottete auf mich zu und drückte sich so fest an mich, dass ich beinahe umfiel. Der alte Knabe freute sich! Und sabberte dabei gleich mal mein T-Shirt voll. Dadurch merkte ich erst, wie groß der Hund eigentlich war.

Also los. Frank hatte zum Anleinen dicke Reepschnüre mit einer Handschlaufe parat, die man mit einem speziellen Knoten am Halsbandring des Hundes festbinden musste. Hatte er mir schon x-mal erklärt. So sparte man den Karabiner, meinte er. Dabei wollte er uns nur seine Knoten vom Segeln zeigen. Mastwurf oder so ähnlich … Auf jeden Fall musste es jetzt schnell gehen. Ich knotete die Leine ans Halsband, dann holte ich Annas Haarschleife aus der Hosentasche und hielt sie Rocky vor seine Hundeschnauze. »Such, Rocky, such!«

Rocky beschnupperte sie ausgiebig, und das sah aus, als würde er so was nicht zum ersten Mal machen.

Dann zog er los und riss mich einfach mit.

Zehn Minuten später zog mich Rocky immer noch hinter sich her, schnupperte mal hier und schnüffelte mal dort, doch von Anna war weit und breit nichts zu sehen. Dafür kam die Eisdiele neben der Kirche in Sicht. Rocky zerrte jetzt so kräftig an der Leine, dass er kaum noch zu halten war.

Doch nicht Evi und Anna tauchten auf, sondern Lisa und Mia, zwei Mädchen aus meiner Klasse. Sie kamen gerade mit einem Eis in der Hand aus der Eisdiele, und Rocky hielt schnurgerade auf sie zu. Mist! Rocky peilte offensichtlich die falsche Zielperson an. Seine Spürnase hatte wohl die besten Zeiten schon hinter sich. Evi hatte doch recht gehabt: Hat die Spürhund-Prüfung nicht mehr geschafft!

Aber wieso zog Rocky wie ein Irrer? Ich versuchte dagegenzuhalten. Keine Chance, ich konnte froh sein, wenn ich hinterherkam.

»Rocky, halt!«

Nichts. Ich hatte keine Ahnung, wie ich den Hund stoppen konnte. Ich stemmte mich mit aller Kraft dagegen. Das war meine einzige Chance. Schließlich packte ich die Leine fest mit den Händen und sprang mit beiden Beinen auf den Boden. Es gab einen Ruck. Was war jetzt? Rocky blieb nicht stehen, sondern rannte weiter. Ich dagegen stolperte rückwärts.

Der Knoten hatte sich gelöst, und Rocky war frei. Verdammter Mist!

Ich konnte nichts mehr tun. Während an meiner

Hand die Leine baumelte, schoss Rocky auf Lisa zu, die hinter Mia ging. Vor meinem inneren Auge tauchte das Bild eines aufgerissenen Hunderachens auf. Große, spitze Zähne, die sich in Lisas Arm gruben. Lisa dagegen war so ins Eisschlecken vertieft, dass sie nicht checkte, was da auf sie zukam. Was kein Wunder war, Rocky hatte mittlerweile in einen Schleichgang gewechselt.

»Rocky!«, versuchte ich es noch einmal.

Die Einzige, die reagierte, war Lisa. Sie drehte sich um, erschrak und stieß mit der Eiswaffel an Rockys Kopf, denn der Hund stand bereits in voller Größe neben ihr.

»Ihiiiiiiiiiiiiiiiiiiiiiiiii!«, kreischte sie los wie blöd.

»Aus, aus!«, schrie ich.

Doch Rocky ließ sich kein bisschen aus der Ruhe bringen. Er sah zu, wie die Eiskugel von der Waffel rollte und auf den Boden klatschte. Und sofort schlabberte er los. Sekunden später war die Stelle blitzblank. Zum Schluss kreiste seine lange Zunge genüsslich rund um die Hundeschnauze, und er gab ein zufriedenes »Wuff« von sich.

Puuuh. Schwein gehabt. Mannomann.

Lisa war aber noch voll im Stress. Panik in den Augen und den Mund offen, aus dem kein Ton herauskam. Sie starrte abwechselnd auf ihre leere Waffel, auf die Stelle, wo ihre Eiskugel gelandet war, und auf Rocky, bis Mia sie mit dem Ellbogen in die Rippen boxte und mit dem Finger auf mich zeigte.

Ich stand da wie der letzte Blödmann, hatte noch immer die schlaffe Leine in der Hand und stellte mir bereits vor, wie die Aktion der zwei Sitzenbleiber morgen in der Schule die Runde machen würde.

Lisa hatte sich vom Schrecken erholt und wollte gerade mit einer Schimpftirade loslegen, als Rocky laut zu bellen anfing. Was hatte er jetzt wieder? Wollte er sich das nächste Eis schnappen? Nein, das Bellen galt Evi, Anna und Hannes, die gerade aus der Eisdiele kamen. Ich atmete auf.

»Was ist denn hier los?«, fragte Evi.

»Wir haben euch gesucht! Anna und ich müssten längst zu Hause sein. Also kommt schon!«

Ich band schnell die Leine wieder an Rockys Halsband und zog fest daran. Diesmal hielt der Knoten. Jetzt aber nichts wie los! »Sorry!«, rief ich Lisa zu, die immer noch sprachlos mit ihrer leeren Eiswaffel dastand. »Ich spendier dir morgen ein neues Eis! Plus eine Kugel extra!«

Je näher wir dem Tierheim kamen, desto mulmiger wurde mir zumute. Ich stellte mir vor, wie Frank Rockys leeren Zwinger vorfand und keiner mehr da war.

Polizeihund spurlos verschwunden. Er würde sofort meine Eltern anrufen. Oder die Polizei. Oder beides. Jedenfalls würde es einen Mega-Ärger geben. Außer … einen kleinen Funken Hoffnung hatte ich noch: Wenn Frank noch nicht wieder zurück war, konnte ich Rocky klammheimlich in seinen Zwinger zurückbringen, und niemand würde von unserem kleinen Ausflug erfahren. Vorausgesetzt, Evi hielt dicht und Anna verplapperte sich nicht. Vielleicht hatte ich ja Glück.

Wir redeten nicht besonders viel auf unserem Rückweg zum Tierheim. Um ehrlich zu sein, trotteten wir sogar ziemlich stumm nebeneinanderher. Ich hatte Evi eigentlich auf den Sitzenbleiber ansprechen wollen, jetzt gingen mir aber andere Sachen durch den Kopf.

»Willst du Rocky mal nehmen?«, fragte ich schließlich und hielt Evi die Leine hin.

Bei Mädchen waren die Erwachsenen oft weniger streng, auch wenn sie das Gleiche angestellt hatten. Das hatte ich schon öfter erlebt. Vielleicht funktionierte das ja auch bei Frank.

Evi zögerte. Ich hatte ihr auf dem Rückweg kurz die ganze Geschichte erzählt, und schlau, wie sie war, schien sie zu checken, was ich vorhatte. Trotzdem nahm sie die Leine. Sie lächelte sogar ein wenig. Ich sag's ja ungern, aber das fand ich richtig super von ihr.

Wir waren noch ein ganzes Stück vom Tierheim entfernt, Evi setzte gerade an, etwas zu sagen, als Frank angerannt kam. Mist!

Obwohl Evi die Leine hielt, drückte sich Rocky fest an mein Bein, als wollte er mir beistehen. Mein Herz raste.

Frank wurde langsamer, als er uns sah.

Ich konnte gar nicht so genau sagen, ob er wütend oder eher erleichtert aussah. Irgendwie beides. Außerdem war er total außer Atem und konnte noch gar nicht sprechen.

»Wir haben nur eine kleine Runde gedreht!«, meinte ich gleich, bevor er loslegte, und Evi sprang mir zur Seite: »Wir waren echt nicht weit weg.«

Anna sagte nichts, mit großen Augen sah sie zu Frank hoch. War auch besser so, ich würde sie loben, wenn wir zu Hause waren.

Auch Frank sagte nichts. Noch nicht. Er schnaufte ziemlich heftig. Dann ging er zu Rocky, der sich brav neben mich gesetzt hatte, kaum dass wir stehen geblieben waren. Wie zu einer Säule erstarrt, ohne das kleinste Zucken.

»Echt nur kurz«, erklärte ich, »damit Rocky das große Geschäft machen kann.«

»Aha, damit Rocky das große Geschäft machen kann«, wiederholte Frank und schaute mich streng an. Seine Augen funkelten.

Auweia, der war doch ganz schön sauer. Dann wandte er sich an Anna und lächelte. Aber nicht wirklich, eher gequält. Dann lächelte er nicht mehr. »Wir sprechen uns noch!«, sagte er in meine Richtung. »Seht zu, dass ihr nach Hause kommt. Eure Mutter hat schon angerufen, sie macht sich Sorgen.«

Mist, Frank hatte schon mit Mama gesprochen. Wahrscheinlich hatte sie auch schon x-mal auf meinem Handy angerufen. Bis ihr wieder einfiel, dass mein Akku im Eimer war.

Frank nahm Rockys Leine und ging mit ihm davon, Evi folgte ihnen mit Hannes. Frank drehte sich nicht mehr um. Rocky aber. Er schaute traurig mit seinen großen dunklen Hundeaugen in meine Richtung.

Mama und Paps warteten schon an der Haustür. Während Anna quietschfidel an meiner Hand den Gehweg entlanghopste und vor sich hin sang, wurden meine Beine immer schwerer.

Bestimmt hatte Frank in der Zwischenzeit noch einmal meine Eltern angerufen, um zu sagen, dass wir bald kämen.

Ob er ihnen auch erzählt hatte, dass ich einen Hund ohne Erlaubnis aus dem Zwinger geholt hatte? Und zwar einen blitzgefährlichen Polizeihund. Was hatte Frank von Evi erfahren? Wie viel hatten Evi und Anna überhaupt von Rockys Eisüberfall mitbekommen? Und was würde Anna gleich munter hinausposaunen? Mein Herz begann zu rasen.

In diesem Moment riss sich Anna von mir los und rannte auf Mama und Paps zu. Die hatten bereits Luft geholt, und ihren Gesichtern war deutlich anzusehen, dass sie nichts Nettes zu sagen hatten. Ich konnte mir so ungefähr vorstellen, was ich da gleich zu hören bekam. Etwas von *Verantwortung* würde bestimmt dabei sein, und *in deinem Alter kann man das erwarten* ebenfalls …

Doch Anna war schneller. Den ganzen Tag über hatte sie kaum etwas gesagt, und jetzt sprudelte es aus ihr heraus wie aus einem Wasserfall: »Rocky hat gebellt. Ganz laut. Ein gefährlicher Polizeihund … ich musste mir die Ohren zuhalten, mit beiden Händen. Der hat Eis gegessen!« Mist, ich hatte doch gewusst, dass Anna alles ausplaudern würde. »Er war ganz lieb und hat immer gefolgt. Ich durfte sogar die Leine halten …«

Anna redete immer weiter und war überhaupt nicht mehr zu stoppen.

Mama und Paps hatten den Mund immer noch halb offen, schauten Anna an, dann sich, dann wieder Anna und grinsten.

»Ähm … ich geh dann mal Mathe lernen …«, sagte

ich schnell und war schon auf dem Weg in mein Zimmer. Nichts wie weg, dachte ich.

»Halt …«, wandte Paps ein, der sich kurz zu mir umdrehte, aber Anna plapperte schon wieder los. »Na schön, Mathe lernen kann nichts schaden.« Er zwinkerte Mama zu. »Aber glaub bloß nicht, dass du einfach so davonkommst. Den Rest besprechen wir später.«

Ich wollte auch wirklich Mathe lernen. Doch als ich mich an meinen Schreibtisch setzte, spürte ich etwas in meiner Hosentasche. Rockys Gummiknochen! Ich hatte ihn eingesteckt, als ich Rocky aus dem Zwinger geholt hatte. Und dann vergessen.

Ich versuchte, mich auf die Italienurlauber aus der Matheaufgabe zu konzentrieren, aber ich dachte die ganze Zeit nur an Rocky.

4.

Wieso ist der Junge in eine andere Richtung gegangen? Und wieso hat er mich nicht mitgenommen?

Dabei habe ich alles gemacht, was er wollte. Die Mädchen gesucht und gefunden, dann brav neben ihm gesessen, als wäre er mein Chef.

Gut, die Sache mit dem Eis … das hat er mir aber hoffentlich nicht übel genommen. Beim alten Chef hätte ich das nicht gemacht. Das hätte einen Riesenärger gegeben. Auweia, der hätte vielleicht geschimpft.

Ich habe wirklich gehofft, dass der Junge mein neuer Chef wird. Er hat mich ja allein aus dem Zwinger geholt, die Leine angelegt und was suchen lassen. So was dürfen nur Chefs. Gut, ein bisschen klein ist er schon für einen Chef. Aber wieso sollte es nicht auch kleine Chefs geben?

Jetzt hält mich jedenfalls der Mann mit den vielen Hunden an der Leine. Das will ich nicht, der soll nicht mein neuer Chef sein. Der soll sich um seine anderen Hunde kümmern.

Ich hätte ihn am liebsten gebissen, als er dem Jungen die Leine abgenommen hat. Viel hat auch nicht gefehlt. Ich habe genau gemerkt, dass er nicht gut auf den Jungen zu sprechen war. Bestimmt, weil er mich rausgeholt und mitgenommen hat. Wenn er ihm zu nahe gekommen wäre, hätte er Ärger mit mir gekriegt. Und zwar richtigen.

Ich will nicht zurück in dieses Hundegefängnis. Wir sind aber genau auf dem Weg dorthin. Nicht zu überriechen.

Wenigstens ist das Mädchen mit den hellen Haaren noch mit dabei. Evi haben sie zu ihr gesagt.

Mir bleibt nichts anderes übrig, als neben dem Mann herzutrotten, auch wenn es Schritt für Schritt in Richtung Hölle geht. Dort angekommen, begrüßen mich die anderen Hunde mit Gejaule und Gebell. Nicht gerade ein freundlicher Empfang. Normalerweise hätte ich gleich zurückgebellt, und zwar richtig laut. Hätte mir Respekt verschafft. Das muss man machen, immer. Aber ich bin zu müde, habe auch keine Lust. Ich lasse sogar das Fressen stehen, das mir der Mann in mein Gefängnis stellt.

Das Mädchen steht am Gitter und redet mit mir. Sie klingt jetzt anders. Das hört sich besser an als vorhin, als der Junge noch dabei war. Da hat sie sich verstellt. Ich merke so was.

Ich gehe mal zu ihr hin. Langsam. Nicht, dass sie Angst bekommt. Sie soll nicht gehen.

Als ihre Stimme plötzlich etwas traurig klingt, weiß ich es. Dass sie bald fort ist und ich wieder allein sein werde. Und dass sich nichts geändert hat. Ich habe keinen Chef mehr.

Am nächsten Morgen wartete Evi vor der Klassenzimmertür auf mich. »Frank war gestern ganz schön sauer auf dich«, meinte sie. »Weil du Rocky einfach rausgeholt hast. Dem werde ich was erzählen, hat er gesagt. Wenn er sich hertraut.«

»Das hat er gesagt?!« Ich schluckte. Aber was hatte ich denn erwartet? »Was hast du ihm erzählt?«

Evi zuckte mit den Schultern. »Ich musste ihm schon erzählen, was passiert ist … Er hat halt gefragt, wer Rocky rausgeholt hat. Und meinte, dass er in Zukunft den Kasten mit den Schlüsseln und Leinen besser absperrt«, antwortete Evi. »Was hätte ich ihm auch sonst erzählen sollen? Ich glaube, letztlich ist er froh, dass nix passiert ist … er war aber trotzdem ganz schön angefressen.« Auweia, ich hatte kapiert. »Ich hab noch versucht, die Sache herunterzuspielen, weil ihr doch nach Hause musstet und du nicht wusstest, wo wir waren.«

Ich wollte Evi gerade sagen, dass ich das eigentlich ziemlich toll von ihr fand, als Lisa auf uns zukam und dazwischenquatschte: »Was war das denn für eine Aktion gestern? War das dein Hund?«

Ich wollte gerade anfangen, Lisa alles zu erklären und noch einmal zu versichern, dass ich ihr echt ein Eis spendieren würde, da kam der Teufel angerauscht und scheuchte uns ins Klassenzimmer.

Auf dem Weg zu meinem Platz hielt ich mich am Gummiknochen in meiner Hosentasche fest. Das war's dann wohl mit dem Tierheim. Wenn nun auch noch der Traum vom eigenen Hund daran scheitern würde, dass ich die Versetzung nicht schaffte … Aber den Knochen musste ich noch zurückbringen. Rocky vermisste ihn bestimmt.

Die Gelegenheit dazu kam früher als gedacht: Die letzten beiden Schulstunden fielen aus. Genug Zeit also, um ins Tierheim zu gehen. Keiner würde etwas merken, und zum Mittagessen wäre ich locker zu Hause. Eigentlich wollte ich Evi fragen, ob sie mitkommen wollte. Aber sie stand mit Lisa und Mia zusammen, und ich konnte mir denken, worüber sie redeten. Deshalb flitzte ich los. Ich wollte es einfach hinter mich bringen.

Mein Herz schlug wie verrückt, als ich die ersten Hunde bellen hörte. Es half aber alles nichts. Mit dem Gummiknochen in der Hosentasche stiefelte ich auf den Hof und schielte zu Rockys Zwinger hinüber. Rocky ging langsam am Gitter auf und ab, blieb stehen und bellte kurz. Das hörte sich aber ziemlich müde an. Es war sogar eher ein Jaulen, und dann ging er wieder auf und ab. Bis er plötzlich erneut stehen blieb und die Schnauze in die Luft hielt. Sein Schwanz wedelte. Er hatte eine Witterung. Rocky schaute in meine Richtung und begann zu bellen.

»Da bist du ja!«, hörte ich auf einmal Frank hinter mir. »Dass du dich noch mal her...« Rocky bellte jetzt wie blöd. Total laut. Frank war kaum noch zu verstehen.

»Was ist denn mit dem los?«, fragte Frank, als Rocky sich wieder etwas beruhigt hatte. »Das gibt's doch nicht!« Er schüttelte den Kopf. »Der ist ja wie ausgewechselt. Da kann ich dem Tierarzt gleich wieder absagen.« Dann machte er kehrt und ging in sein Büro. Er blieb aber noch kurz stehen, drehte sich zu mir und sagte: »Aber zu dir komme ich auch gleich. Wir haben noch ein Hühnchen zu rupfen.«

Auweia. Mit bleischweren Beinen schlurfte ich zu Rocky. Als ich an seinem Zwinger ankam, bellte er wieder los und wedelte mit dem Schwanz, als müsste er Hunderte Fliegen verscheuchen. Ich warf ihm den Gummiknochen durch die Gitterstäbe zu, und er schnappte ihn sich mit einem Riesensatz aus der Luft.

Frank war wieder aus seinem Büro gekommen und hatte Rockys Flugeinlage gerade noch gesehen. Verblüfft schüttelte er den Kopf und sah gar nicht mehr so sauer aus. Dann wandte er sich an mich, sagte aber erst einmal gar nichts, sondern verschränkte nur die Arme. Schielte dabei aber immer wieder zu Rocky, der ganz aufgeregt hin und her lief.

Wieso sagte Frank nichts?

Dann fing er endlich an: »Du weißt, dass das, was du getan hast, nicht richtig war?«

Klar, wusste ich das. Ich nickte und schaute auf den Boden.

»Und du weißt auch, dass ich das eigentlich nicht durchgehen lassen darf?«

Wusste ich auch, ich nickte noch einmal.

Dann machte Frank eine Pause.

Moment mal. Hatte er »eigentlich« gesagt?

Frank drehte sich zu Rocky und schüttelte schon wieder den Kopf. »Du hast bestimmt einen Halbmastwurf gemacht«, meinte er schließlich. »Als du Rockys Leine am Halsband festgemacht hast, meine ich.« Er schaute wieder zu mir.

Ich stand da und vergrub meine Hände in den Hosentaschen.

»Als wir das geübt haben, hab ich euch extra darauf hingewiesen, dass der aufgeht, wenn der Hund stark dran zieht. Passt du in der Schule auch so gut auf? Der Mastwurf wäre richtig gewesen, der hat einen Schlag mehr und zieht sich zu. Capito?!«

Jetzt war Frank wieder voll der Hobbysegler. Fehlte nur noch die Kapitänsmütze.

»Hast du eine halbe Stunde Zeit?«, fragte er. »Das solltest du nämlich noch einmal üben.«

Eigentlich hatte ich keine große Lust, eine halbe Stunde lang Knoten zu üben. Aber wenn das die Strafe für gestern sein sollte, würde ich wohl nicht drum herumkommen.

»Wie wär's gleich bei Rocky?«

Was? Wie? Was hat er gesagt? Bei Rocky??!!

»Wenn du willst, kannst du mit ihm eine kleine

Runde drehen«, schlug Frank vor. »Der alte Knabe hat mir heute Morgen richtige Sorgen gemacht. Der war total … unglücklich … traurig … keine Ahnung. Ich musste den Tierarzt anrufen. Und jetzt, nachdem du aufgetaucht bist … nicht zu glauben!« Frank deutete auf Rocky: »Ich denke, etwas Bewegung täte ihm bestimmt gut. Und so wie's aussieht, versteht ihr euch ja.«

Wie, was? Ihr versteht euch ja! Hieß das, ich … ich durfte mit Rocky Gassi gehen?! Ich konnte mir ein frohes Grinsen nicht verkneifen.

»Ich werte das Grinsen in deinem Gesicht mal als Ja«, meinte Frank. »Geh schon mal zu Rocky, ich hole den Schlüssel und die Leine.«

Der Junge kommt her. Endlich. Hoffentlich bleibt er nicht wieder unterwegs stehen. Gleich mal losbellen!

Jetzt taucht der Mann wieder auf. Was macht der schon wieder hier? Brauchen wir den? Aber er schaut nicht mehr so böse. Er hat was in der Hand.

Was machen sie jetzt?

Das gibt's doch nicht?! Der Mann öffnet die Tür.

Der Junge kommt rein. Legt mir die Leine an.

Was gibt das? Einen Einsatz? So was wie gestern?

Soll mir recht sein. Hauptsache, raus hier!

Ein Test vielleicht? Mit einem neuen kleinen Chef? Das wird bestimmt wieder eine Prüfung. Gestern musste ich das kleine Mädchen finden. War ja kein Problem. Was wird es heute sein? Egal, nichts wie weg.

Wohin gehen wir? Ich kenne die Gegend nicht. Macht nichts.

Der kleine Chef lässt mich laufen, gibt mir viel Leine. Das heißt, ich kann übernehmen, darf losziehen. Bedeutet normalerweise losschnüffeln. Aber wo bleibt das »Such, Rocky!«. Egal, geht auch ohne Kommando.

Was gibt es hier? Nichts zu riechen. Das Übliche.

Moment, stopp! Was ist das?

Als ich gerade auf den Spazierweg zum Ententeich einbiegen wollte, blieb Rocky plötzlich stehen, hielt die Nase in den Wind und schnupperte. Was war jetzt schon wicdcr?

So schlagartig, wie er stehen geblieben war, zog er auf einmal los. Toll, aber in die falsche Richtung. Und hätte mir dabei fast die Leine aus der Hand gerissen.

»Halt, hiergeblieben!«, rief ich. »Da geht's lang!«

Das schien ihn nicht zu interessieren, Rocky wollte nicht in den Park zum Ententeich. Nichts zu machen. Mit aller Kraft zog er in die andere Richtung, da konnte ich mich noch so sehr dagegenstemmen, keine Chance. Wenigstens hielt diesmal der Knoten. Ich gab dann meinen Widerstand auf und ließ Rocky seinen Willen. Mir blieb nichts anderes übrig. War ja eigentlich auch schnurzegal, ob wir jetzt in den blöden Park gingen oder woandershin.

Jedenfalls zog Rocky wie blöd an der Leine und hielt direkt auf ein paar Häuser zu, die jetzt vor uns auftauchten und die nicht aussahen, als würde dort jemand wohnen. Sie wirkten eher wie kleine Fabrikhäuser oder Lagerhallen. Es war eine der wenigen Ecken der Stadt, die ich kaum kannte. Da vorne ließ Paps immer seine Reifen wechseln, aber ich war nur einmal dabei gewesen. Ziemlich runtergekommen alles hier. Ein paar Fenster waren eingeschlagen und vor den Hallen lag Gerümpel rum.

Das Gebäude, das Rocky ansteuerte, war voller Farbschmierereien. Zwei Männer standen davor und rauchten. Was wollte er von denen? Mir taten von seinem Gezerre an der Leine schon die Arme weh.

»Rocky!«, rief ich laut. »Bleib stehen!«

Rocky gehorchte nur widerwillig, na ja, eigentlich

folgte er gar nicht, aber er wurde wenigstens langsamer. Dann blieb er stehen, drehte den Kopf zu mir und bellte mich an. Er wollte mir was sagen. Aber was? Ich war schließlich kein Hundeführer der Polizei, ich konnte nur mit den Schultern zucken. Rocky gab vorerst auf und wandte sich wieder der Lagerhalle und den Männern zu. Er knurrte und bellte jetzt in ihre Richtung.

Allmählich wurden die Männer auf uns aufmerksam und schauten herüber. War ja klar. Besonders freundlich wirkten die nicht. Ganz im Gegenteil, die sahen aus, als würden sie am liebsten zurückknurren. Besonders der kleinere der beiden sah zum Fürchten aus. Er erinnerte mich total an den Kampfhund unseres Nachbarn, einen Pitbull, der Brutus hieß: kurze Beine, kräftiger Rest und eine Nase so platt, als wäre sie schon einmal von so einer Abrissbirne getroffen worden.

Ich musste schlucken, denn jetzt deutete das Abrissbirnen-Gesicht in unsere Richtung und redete dann mit dem Größeren. Höchste Zeit zu verschwinden. Aber allerhöchste! Ich zog Rocky in die Richtung, aus der wir gekommen waren. Oder versuchte es zumindest. Widerwillig ließ er sich ein paar Meter mitschleifen.

»Los, Rocky, komm jetzt!«, befahl ich leise. Ich

wollte nicht, dass die Männer mich hörten. Mühsam zerrte ich ihn Meter um Meter weg.

Eine gefühlte Ewigkeit später hechelte ich mehr als Rocky und war patschnass geschwitzt, aber ein gutes Stück weg von den komischen Männern.

Rocky hatte sich etwas beruhigt. Dachte ich zumindest. Doch kaum passte ich einen Moment nicht auf, machte er erneut einen großen Satz und rannte los. Das Ende der Leine, das ich eben noch in der Hand gehalten hatte, flatterte wie ein Fähnchen hinter ihm her.

»Neiiin! Rocky! Komm zurück!«

Keuchend kam ich wieder an der Lagerhalle an, von der ich Rocky so mühsam weggezogen hatte. Rocky stand bereits im Hof, neben zwei Autos, keine zehn Meter von einer Tür entfernt. Ich war so sehr außer Puste, dass ich ihn nicht einmal ausschimpfen konnte. Wie irre bellte er die verrostete Eisentür an, vor der die Männer eben noch gestanden und geraucht hatten. Ihre ausgetretenen Zigarettenkippen lagen auf dem Boden wie tote Käfer.

Was wollte Rocky bloß von denen? Ich schnappte mir die Leine und versuchte, ihn wegzuziehen, bevor jemand rauskam. Aber zu spät! Schon knarrte die Tür, und Brutus, der Pitbull-Mann mit der Plattnase, tauchte auf. Aus der Nähe sah er noch furchterregender aus. Sein Gesicht war voller Bartstoppeln, und auf der linken Wange hatte er eine große Narbe. Er schaute Rocky und mich ziemlich streng an, sagte aber nichts, sondern machte sofort wieder kehrt, während Rocky ihn anbellte und an der Leine zerrte. Er verschwand wieder im Haus.

Als ich kapierte, was hinten in seinem Hosenbund steckte, blieb mir fast das Herz stehen. War das eine Pistole? Die Tür schlug hinter Pitbull-Brutus zu. Nein, das war bestimmt keine Pistole gewesen, versuchte ich, mich zu beruhigen. Wahrscheinlich irgendein Werkzeug. Ein Akkuschrauber vielleicht, wie Paps einen hatte. Den er allerdings nie hinten in den Hosenbund steckte. Ich schluckte.

Jetzt ist der Kerl schon wieder verschwunden. Ich will da rein!

Er hat eine Pistole bei sich, das rieche ich. Ich muss dem kleinen Chef Bescheid geben. Bellen. Die Frage ist, ob er das checkt, der wollte ja nicht einmal hicrhcr.

Was wird das hier überhaupt? Wenn es eine Übung oder ein Test sein soll, dann machen sie es mir leicht. Die Pistole ist deutlich zu riechen, aber da ist noch was anderes. Das kommt aus dem Haus. Lauter Zeugs von verschiedenen Leuten. Nicht zu überriechen. Das habe ich schon öfter gehabt. Zusammengeklautes Zeugs war das.

Der Sache muss auf jeden Fall nachgegangen werden. Auch wenn der kleine Chef nicht mitzieht.

Was soll ich tun?

Was macht der Chef hinter mir?

Es kommt kein Signal. Nichts, die Leine hängt durch. Das geht gar nicht! Entweder muss er mich kurz und fest nehmen, dann weiß ich, dass er die Kontrolle hat. Oder er lässt mich von der Leine, dann habe ich freie Hand. Aber Schlappleine geht überhaupt nicht.

Ich drehe den Kopf und schaue ihn an. Was sagt sein Gesicht? Nichts. Doch: Angst!

Was macht er jetzt? Er zieht an der Leine. Aber in die falsche Richtung. Der Chef will weg.

Auf gar keinen Fall. Und wenn das zum Test gehört, dann muss es besser werden als beim letzten Mal. Dagegenhalten und bellen. Wir müssen da rein!

Ja, bellen, aber richtig. Damit der Chef weiß, dass ich da reinwill. Und dass die Tür wieder aufgeht.

5.

Ich wollte so schnell wie möglich weg, nachdem der Mann wieder im Haus verschwunden war. Doch Rocky wich keinen Millimeter von der Stelle. Er stellte die Ohren auf, fletschte die Zähne und knurrte böse die Tür an. Dann begann er wieder, wie wild zu bellen. Die Nackenhaare aufgestellt, schien er bereit zu sein, jeden in Stücke zu reißen, der aus der Tür kam. Anders als ich gab er sich alle Mühe, DASS die Männer ihn hörten. Mit Erfolg. Plattnase Brutus tauchte bereits am Fenster neben der Tür auf und schaute her.

Mir wurde es abwechselnd heiß und kalt. Wie sollte

ich erklären, warum der Hund so herumtobte? Ich hatte ja selbst keine Ahnung. Das einzige, was ich hatte, war Angst.

Als die Tür wieder aufging, fragte Brutus nicht, sondern befahl in schlechtem Deutsch und mit tiefer Stimme: »Das Köter soll halten Schnauze.«

Ich musste ihm recht geben, mir wäre es auch lieber gewesen, wäre Rocky ruhig geblieben. Er tat aber genau das Gegenteil und bellte immer wilder.

Der Plattnasen-Arm bewegte sich nach hinten an den Hosenbund und blieb dort.

Mir stockte der Atem, meine Hand an der Leine begann zu zittern. In meinem Kopf drehten sich die Gedanken wie in einem Kettenkarussell bei Höchsttempo.

Dann machte Rocky einen Satz nach vorne, um auf Plattnase Brutus loszustürmen. Ich konnte die Leine gerade noch packen, aber ich brauchte beide Hände, um den Hund zurückzuhalten. Gleichzeitig sah ich, wie der Arm des Gangsters hinter seinem Rücken zuckte.

Ich flehte, zog und zerrte. »Rocky, bitte!«

Eine Sekunde später blickte ich in die Mündung einer Pistole.

Ich war starr vor Schreck.

Hielt den Atem an.

Herzstillstand.

Nein, Herzrasen.

Nein, rasender Herzstillstand?!

Zum ersten Mal in meinem Leben blickte ich in den Lauf einer echten Pistole. Ob es stimmte, dass man den Knall gar nicht mehr hörte, wenn man von einer tödlichen Kugel im Kopf getroffen wurde? OH GOTT!

»Jetzt du haben fertig gebellt!«, knurrte der Pitbull-Gangster, während sich die Pistole nach unten auf Rockys Kopf zubewegte. Ich hatte fast schon aufgeatmet, weil die Pistole nicht mehr auf mich zielte. Aber Rocky? Nein, bitte nicht! Brutus' Augen verengten sich zu Schlitzen, das rechte fing auf einmal an zu zucken. Dann bewegte sich der Finger am Abzug.

Rocky war ruhig geworden. Sehr ruhig sogar. Doch er schob sich kaum wahrnehmbar nach vorne. Ich merkte es an der Leine, die sich mehr und mehr spannte. Gleichzeitig senkte sich sein Hinterteil etwas. Alles an ihm war angespannt. Rocky hatte was vor. Es sah aus, als setzte er zum Sprung an. Oder machte sich zumindest dazu bereit. Ich öffnete vorsichtig die Finger und ließ die Leine locker. Rocky sollte sich frei bewegen können.

Das schafft er nicht, dachte ich, schloss die Augen und wartete auf den Schuss. Danach wäre bestimmt ich an der Reihe. Was würde der Kerl zu mir sagen? Jetzt du haben fertig geschnauft!

Wann kam der Knall? Ich hätte mir am liebsten die Ohren zugehalten.

»Warte!«

Warte? Was war das für eine Stimme? Wer hatte da Warte! gesagt?

Ich machte die Augen auf. Ein zweiter Mann war hinter Brutus aufgetaucht.

»Spinnst du, den Knall hört man kilometerweit. Das dauert keine fünf Minuten, dann haben wir die Bullen am Hals«, schnauzte er.

Ich erkannte den Mann, es war der andere Zigarettenraucher, der größere. Er sah nicht ganz so gefährlich aus wie sein Gangsterkumpel, dessen rechtes Auge jetzt noch stärker zuckte.

»Los, rein mit euch! Aber fix!«, befahl der Große. »Und halt deinen Köter gut fest!« Er deutete auf die Leine in meiner Hand. »Und du machst hier keinen Scheiß!«, sagte er zu Brutus, während er sich umschaute, als fürchtete er, dass jeden Moment jemand kommen könnte.

Puuuh … ich schnaufte erst einmal auf. Ich zitterte zwar noch, konnte aber wieder etwas durchatmen, nachdem ich zuvor die Luft angehalten hatte. Das war knapp gewesen!

Aber was hatte der Mann gesagt? Rein mit euch?! Wieso rein? Was hatten die mit uns vor? Mit dem Aufschnaufen und Durchatmen war es schon wieder vorbei.

»Los … kommen!«, blaffte Brutus, ging zur Seite und fuchtelte mit der Pistole in Richtung der offenen Tür. Jetzt schaute auch er sich nervös um. Die beiden schienen tatsächlich zu fürchten, dass vielleicht doch noch jemand um die Ecke kam.

Leider kam aber niemand. Ich machte schließlich ein paar Schritte nach vorne, an Rocky vorbei, der sich immer noch keinen Millimeter bewegte, die Männer aber ganz genau beobachtete. Hoffentlich folgte er und blieb ruhig. Bei Brutus konnte man nicht sicher sein, ob da nicht mal statt dem Auge der Finger zuckte, schien mir. Jedenfalls hielt er die Pistole immer noch in der Hand.

Bitte, Rocky, komm jetzt! Ruhig und langsam.

Ich bewegte mich weiter auf die Tür zu. Meine Beine fühlten sich an wie Knetmasse, und leicht schummrig wurde mir auch schon wieder. Die Leine spannte sich. Rocky durfte nichts passieren. Auf gar keinen Fall. Auch wenn er mir diesen ganzen Schlamassel hier eingebrockt hatte.

Nicht daran denken. Ganz langsam jetzt. Machen, was die Männer wollen.

Meine Knie gaben nach, als ich an der Leine zog und langsam durch die Tür ging. Ich musste aufpassen, dass ich nicht stolperte.

Die Leine zitterte. Weil meine Hände zitterten. Und meine Hände zitterten, weil der ganze Rest von mir zitterte.

»Komm, Rocky«, wollte ich sagen. Klappte aber nicht. Ich hörte mich nur ein weinerliches »Komocky« oder so was Ähnliches stammeln.

Ich zog jetzt an der Leine. Aber ganz vorsichtig. Jede kleinste Reaktion des Hundes wie Knurren oder Bellen könnte einen Schuss auslösen. Rocky folgte mir anstandslos ins Haus. Er war jetzt wie verwandelt. Schaute zu mir, drehte den Kopf, schaute zum einen Gangster, dann zum anderen und schien hoch konzentriert zu sein. Ich sah es an seinen Ohren und am Schwanz, alles zeigte steil nach oben.

Die Gangster sprachen leise miteinander, viel konnte ich nicht aufschnappen, als ich an ihnen vorbeiging. Sie schienen aber nicht derselben Meinung zu sein.

»… du kannst doch hier im Freien nicht rumballern wie ein Cowboy …«

»… Hund gefährlich …«

»… morgen sind wir den Kram los und anschließend über alle Berge …«

»… dürfen zurücklassen keine Zeuge …«

Was? Ich zuckte zusammen. Hatte ich richtig gehört?

Mit so einer Pistole ist nicht zu spaßen. Da muss man ruhig bleiben. Das weiß ich. Aber klappt doch, wir gehen mit den beiden Männern ins Haus. Genau da wollte ich rein! Auch wenn ich im Moment außer Mitgehen und Abwarten nichts tun kann.

Was macht der Chef? Er zittert und hat Angst. Ich merk's an der Leine und rieche es.

Egal, Hauptsache es geht in die Richtung, aus der diese verdächtige Witterung kommt. Es kann nicht mehr weit sein, die Spur wird immer stärker. Und immer bunter. Lauter Zeugs, von vielen verschiedenen Leuten.

Der Mann mit der Pistole riecht ziemlich stark nach Schweiß.

Da ist es! In der Mitte des Flurs, durch den wir gerade gehen. Eindeutig. Das Zeugs ist in dem Raum nebenan, ich rieche es genau. Die Tür steht offen, ich sehe Holzkisten und andere Gegenstände. Ich zögere kurz, am liebsten hätte ich losgebellt und das Zimmer genauer untersucht.

Uff, ich kann mich kaum zurückhalten, wie gerne würde ich da jetzt rein. Geht aber nicht, die Gangster sind direkt hinter uns.

Was soll ich machen? Was macht der Chef?

Ich muss ihm Bescheid geben. Bellen?

Nein, Bellen ist zu gefährlich, wenn die Gangster mit der Pistole in der Nähe sind. Das muss anders gehen.

Ich ziehe ganz vorsichtig nach rechts, bis sich die Leine spannt. Darf keiner merken, soll ein Signal nur an den kleinen Chef sein, dass ich hier was gefunden habe.

Kommt aber nichts zurück, nur Zittern. Ich darf nicht stärker ziehen, sonst folgt er mir vielleicht in das Zimmer. Das ist zu gefährlich.

Halt, jetzt spür ich was, ein kurzer Ruck. Das war eindeutig ein Signal. Gut, der Chef weiß Bescheid. Er geht weiter. Okay, ich gehe mit.

Na also, so langsam klappt's mit dem neuen Chef.

Schade, da wäre ich jetzt wirklich gerne reingegangen. Aber um die Kisten werden wir uns bestimmt später noch kümmern. Wir wissen ja jetzt, wo sie sind.

Ich musste schlucken, als wir an dem Zimmer mit den Holzkisten vorbeikamen. Da lehnten zwei Bilder an der Wand. Und eins davon erkannte ich sofort. Mein Herz, das sowieso schon raste, beschleunigte noch einmal.

Wie oft hatte ich mich gefragt, warum Onkel Max genau dieses langweilige Bild mit den bunten Fischerbooten im Wohnzimmer aufgehängt hatte. Und nun stand es hier! Ich musste wieder an den armen Arco denken. Und an die oberfiesesten Einbrecher, denen ich die schlimmsten Folterqualen gewünscht hatte … und jetzt gingen genau diese Einbrecher direkt hinter mir her. Mit einer Pistole in der Hand.

Mir war übel, als wir kurz darauf vor einer dicken Holztür anhielten. Brutus drehte an einem großen, rostigen Schlüssel, der im Schloss steckte. Knarrend ging die Tür auf, ein Geräusch, dass es mir eiskalt über den Rücken lief.

Mein Herz schlug immer noch wie verrückt. Zum Glück hatte Rocky mitgespielt. Auch er hatte das Zimmer im Visier gehabt, aber er hatte sich nichts anmerken lassen.

»Du Handy?«, fragte Brutus an der offenen Tür.

»Äh … was? Ach so, nein, kein Handy.«

Die Plattnase tastete mich trotzdem ab. »Los, rein!«, befahl er dann.

Rocky und ich wurden in ein kleines Zimmer ohne Fenster gestoßen. Rechts an der Wand stand ein Minitisch mit einem Stuhl davor. Gegenüber der Tür war eine Pritsche mit einer dünnen Matratze und einer Wolldecke drauf. Von der Decke baumelte eine Glühbirne, die das Zimmer halbwegs hell machte. Es roch auch nicht gut hier. Toll.

In meinem Kopf begannen die Gedanken, wieder Karussell zu fahren. Immer wieder kam »keine Zeugen« vorbeigerauscht.

Dann erschrak ich und zuckte zusammen. Die Tür schlug zu. Und als ich dann noch das Ratsch-Klack des Schlosses hörte, zitterte ich wieder am ganzen Körper. Denn ich hatte kapiert, wo wir gelandet waren: In so was Ähnlichem wie einer Gefängniszelle!

»Die haben uns eingesperrt«, erklärte ich Rocky.

Ich musste irgendetwas sagen, damit der Kloß in meinem Hals wieder verschwand. Tat er aber nicht. Das Ganze hörte sich auch ziemlich piepsig und gequetscht an.

Und das Karussell fuhr immer noch … keine Zeugen … keine Zeugen … Und keine Zeugen bedeutete … Am besten gar nicht daran denken.

Nein, doch. Vergessen durfte ich es nicht. Denn als das Kopfkarussell kurz stehen blieb und ich wieder halbwegs denken konnte, wurde mir klar, dass wir hier so schnell wie möglich rausmussten. Aber wie? Ich sah mich um.

Aussichtslos.

Ich hatte schon öfter von Ausbrüchen aus Gefängnissen gehört oder gelesen. Die Leute hatten sich zum

Beispiel einen Tunnel gegraben. Aber wie sollte das hier funktionieren? Ich schaute auf den gefliesten Fußboden. Dann auf meine Hände. Oder dass jemand mit einer Nagelfeile die Gitterstäbe des Fensters durchgefeilt hatte. Ich hatte aber keine Nagelfeile. Ich hatte nicht einmal Gitterstäbe, geschweige denn ein Fenster.

Erst neulich hatte ich das Buch von diesem komischen Grafen aus Monte … Monte Dingsbums in den Händen, der es geschafft hatte, von einer Kerkerinsel zu fliehen. Fast die Hälfte der Geschichte hatte ich gelesen. Aber bevor ich zu der Stelle kam, wo drinstand, wie er das mit seiner Flucht genau anstellte, hatte ich das Buch weggelegt und lieber wieder meine Comics rausgekramt. Verdammter Mist!

Ich schaute auf meine Uhr: Halb eins. Noch gab es keinen Stress zu Hause. Mama würde zwar schon auf die Uhr sehen und sich wundern, wo ich bliebe, müsste aber noch einigermaßen ruhig sein. Aber nicht mehr lange. Spätestens in einer halben Stunde würde sie anfangen, nervös zu werden. Und ab halb zwei mochte ich mir nicht mehr vorstellen, was zu Hause los war.

Mama würde wahnsinnig werden vor Sorge, wenn ich bis heute Abend nicht heimkäme. Paps natürlich auch.

Rocky musste gemerkt haben, dass ich Angst hatte,

er bellte mich an. Ziemlich laut sogar. Dann kam er zu mir und drückte seinen Kopf an meinen Bauch.

Mir war schon klar, weshalb die Gangster uns nicht einfach so gehen ließen. Denn egal, wann die uns hier rausließen und ich heimkäme, das Erste, was mich Mama fragen würde, nachdem sie mich in ihre Arme genommen hätte, wäre, wo ich so lange gesteckt hätte. Ich würde ihr die Geschichte erzählen, und fünf Minuten später würde es hier nur so wimmeln von Polizei und Blaulichtern. Kripo, Sondereinsatzkommando SEK, mobiles Einsatzkommando MEK, GSG9 … und wie die alle hießen. Und genau diese Gedanken machten sich bestimmt auch die Gangster, die waren ja nicht blöd. Das war der Grund, warum ich so ein komisches Bauchgefühl hatte. Und genau darum mussten wir hier unbedingt raus!

Ich überlegte ohne Ende und suchte nach einem Ausweg. In meinem Kopf ging's zu wie auf einer Achterbahn. Irgendwann saß ich nur noch auf dem Bett und kraulte Rocky.

Bis ich die Büroklammer entdeckte, die am hinteren Tischbein auf dem Boden lag. Erst dachte ich nicht weiter darüber nach und hatte sie nach ein paar Minuten fast schon wieder vergessen – was will man auch mit einer Büroklammer? Doch dann fiel mir plötzlich ein, wie Paps einmal die Kinderzimmertür aufbekam, nachdem sich Anna aus Versehen selbst eingeschlossen hatte.

Gut, da war zwar mehr als eine Büroklammer im Einsatz gewesen, aber zunächst musste er den Schlüssel entfernen, der auf der anderen Seite im Schlüsselloch steckte. Und das hatte Paps mit einer aufgebogenen Büroklammer hingekriegt. Dann konnte er mit einem langen Nagel, den er am Schraubstock im Keller mit einem Hammer umgebogen hatte, die Tür aufmachen.

Ich überlegte, hob die Büroklammer auf und schaute zur Tür. Ich hatte gesehen, dass die Gangster den Schlüssel auf der anderen Seite stecken gelassen hatten. Aber wo sollte ich einen umgebogenen Nagel herkriegen? Außerdem musste ich damit rechnen, dass der große Schlüssel, den ich mit der Büroklammer hinausschieben wollte, auf den Boden polterte und dabei so viel Lärm machte, dass die Gangster alarmiert wurden.

Dann hatte ich eine Idee: Ich könnte vorher mein Taschentuch unter der Tür durchschieben, die hatte nämlich einen ziemlich großen Luftspalt am Boden. Wenn der Schlüssel dann auf den Stoff fiel, würde es wahrscheinlich niemand hören.

Halt, Moment. Ich hatte noch eine Idee. Diesmal eine geniale. Mein Herz begann gleich, schneller zu schlagen. Wenn der Schlüssel erst einmal auf dem Taschentuch lag, könnte der Spalt groß genug sein, um das Taschentuch mitsamt dem Schlüssel unter der Tür hereinzuziehen. Und dann bräuchte ich auch keinen Nagel mehr, sondern könnte die Tür bequem aufschließen und zusammen mit Rocky hinausspazieren.

Ja genau, so könnte es gehen. Ich wurde ganz aufgeregt, mein Herz raste wie blöd. Ruhig jetzt, Felix, eins nach dem anderen.

Erstens: Taschentuch unter der Tür durchschieben.

Zweitens: Schlüssel mit der Büroklammer nach hinten rausschieben.

Drittens: Schlüssel landet auf dem Taschentuch.

Viertens: Taschentuch samt Schlüssel unter der Tür reinziehen.

Fünftens: Aufschließen und verschwinden.

»Rocky, ich habe einen Plan!«, sagte ich, jetzt wieder mit festerer Stimme, und kramte schon in meiner Hosentasche, um mein Taschentuch herauszuholen.

Rocky schien das zu gefallen, er sah mich mit großen Augen an und machte »Wuff«.

Wenig später stocherte ich mit der verbogenen Büroklammer im Schlüsselloch herum. Das Taschentuch hatte ich zuvor unter der Tür durchgefummelt. Auf meiner Seite des Zimmers lugte nur noch ein Zipfel davon heraus, an dem ich es hoffentlich bald mitsamt dem Schlüssel wieder hereinziehen konnte. Ich musste mich aber beeilen. Wenn einer der Gangster an der Tür vorbeikam und das Taschentuch sah, war der schöne Plan dahin.

Also los: Zuerst den Schlüssel drehen, der Bart musste nach unten zeigen. Sonst klemmte er und ließ sich nicht durchschieben. Ich fummelte wie blöd, stocherte, bog die Büroklammer neu zurecht … probierte es noch einmal … dann wieder und wieder, aber ich kriegte es einfach nicht hin.

Ich wollte schon mein Taschentuch wieder reinziehen und aufgeben, als Rocky zu bellen anfing.

»Ruhig, Rocky, sei still!«, flüsterte ich. »Du bellst uns noch die Gangster her.« Der wollte, dass ich weitermachte. »Ich versuch's ja noch einmal!«

Ich friemelte weiter, Rocky war wieder ruhig geworden.

Bis es endlich »Klick!« machte und der Schlüssel leicht nach vorne kippte. Ich hatte ihn in die richtige Position gebracht. Jetzt musste ich ihn nur wieder zurückkippen und rausschieben.

Zuerst gab es ein dumpfes »Peng!«, aber dann ließ mich ein lautes, helles Klirren zusammenzucken. Der Schlüssel war aus dem Schloss gefallen. So laut hatte ich es mir nicht vorgestellt. Das mussten die Gangster gehört haben. Ich hielt den Atem an und lauschte an der Tür, ob etwas zu hören war. Schritte oder so was. Mein Puls raste wieder los.

Zum Glück blieb es ruhig, ich atmete auf.

Ich kniete jetzt vor der Tür und legte meinen Kopf seitlich so auf den Boden, dass ich durch den Türspalt linsen konnte. Ich wollte sehen, ob der Schlüssel auf dem Taschentuch gelandet war.

Ja … nein … fast. Mist. Die Hälfte des Schlüssels lag auf dem Taschentuch, der Rest auf dem Fußboden.

Ich zog vorsichtig am Taschentuch und versuchte gleichzeitig, den Schlüssel zu beobachten. Dabei musste ich Wange und Ohr so fest auf den Boden drücken, dass es wehtat. Rocky war neugierig geworden. Er kam her, legte sich flach neben mich und versuchte ebenfalls, die Aktion zu beobachten.

Verdammt! Der Schlüssel bewegte sich zwar etwas in meine Richtung, das Taschentuch bewegte sich aber mehr. Das hieß, der Schlüssel rutschte zwar vom Stoff, kam aber näher. Er war jetzt schon fast unter der Tür, es war allerdings nur noch ein kleiner Teil auf dem Taschentuch, der Rest schleifte auf dem Boden.

Jetzt musste ich aufpassen. Ganz, ganz vorsichtig zog ich am Stoff. Ein paar Millimeter noch, dann würde ich mit den Fingern, die ich durch den Spalt schieben konnte, drankommen.

Jetzt müsste es reichen.

Ich fühlte bereits das kalte Metall des Schlüssels. Es hatte tatsächlich geklappt, ich klemmte den Schlüssel zwischen die Fingerspitzen und zog daran. Mein Herz legte noch mal los, dieses Mal vor Aufregung und Freude. Ich wollte es gerade Rocky sagen, aber der bellte los.

Dann spürte ich auch, warum.

Ein Schmerz schoss durch meine Hand. Etwas bohrte sich in Haut und Knochen und tat weh wie Hölle. Dann sah ich es durch den Spalt: Eine Stiefelspitze, die auf meine Finger getreten war. »Auaaaaaaah!«, hörte ich mich aufbrüllen, gleichzeitig schossen mir Tränen in die Augen. Neben mir bellte Rocky wie wild.

Der Schmerz ließ nach, aber nur etwas, als sich die Stiefelspitze hob. Endlich konnte ich die Hand wieder reinziehen. Aber der Schlüssel war weg.

Während ich mir vor Schmerzen die Finger hielt, hörte ich, wie sich jemand am Schlüsselloch zu schaffen machte und den Schlüssel wieder reinfummelte. Dann machte es »Ratsch-Klack!«.

Ich war gerade dabei aufzustehen, als die Tür aufgerissen wurde und mich so heftig am Knie traf, dass ich nach hinten flog. Rocky stürzte bellend nach vorn, aber die Tür schlug sofort wieder zu.

Ich lag vor dem Bett und heulte, weil mir die Hand und das Knie wehtaten. Und ein bisschen vielleicht auch, weil alles so aussichtslos erschien. Wie sollten wir bloß jemals hier rauskommen?

Rocky hatte sich wieder beruhigt, kam zu mir her und drückte seinen Kopf gegen meine Schulter, als wolle er mich trösten. Jeden Moment konnte die Tür aufgehen und Brutus mit gezückter Pistole dastehen. Und dann?

6.

Dem Chef tut die Hand weh. Ich rieche zwar kein Blut, aber das sieht nicht gut aus.

Ich habe ihn doch gewarnt. Wäre er von der Tür weggegangen, als ich das erste Mal gebellt habe, wäre nichts passiert. Ob der kleine Chef die Regeln nicht kennt? Wenn ich belle, muss er aufpassen. Das ist nicht so schwierig. Wieso versteht er das nicht?

Und jetzt tut ihm die Hand weh.

Kann ich was für ihn tun? Vielleicht dran lecken. Wenn's meine Pfote wäre, ich würde dran lecken.

Außerdem hat er Angst. Das riecht zwar anders als beim großen Chef, aber trotzdem, ich rieche es, er hat richtige Angst.

Und eins ist jetzt auch klar, das hier kann keine Übung sein. Auch kein Test. Bei Übungen und Tests tut sich der Chef nicht weh.

Diese Gangster sind echt!

Der Mann kommt zurück. Noch ist er nicht da, der Kerl ist aber nicht zu überriechen. Er muss echt sein. So riechen nur echte Gangster. Aufpassen jetzt! Er ist an der Tür.

Bellen.

Der Chef hat Angst, dass der Kerl ihm was tut. Das sehe ich. Lauter bellen.

Ich muss was tun, wenn der Gangster reinkommt. Am besten gleich losrennen und ihn anspringen. Mit Anlauf drauf, sodass er umfällt. Damit er die Pistole erst gar nicht zum Einsatz bringen kann. Dann sofort in den Arm beißen, der die Waffe hält. Und dann gleich an den Hals. Nicht zubeißen, aber die Zähne müssen an den Hals. Das darf er ruhig spüren.

Reicht der Anlauf in dem kleinen Zimmer? Das wird knapp für so einen großen, breiten Kerl. Verdammt, ich brauche mehr Anlauf.

Jetzt kommt er gleich rein. Bellen.

Rocky bellte wieder los. Das sollte er nicht machen, echt nicht. Er lenkte bloß die Aufmerksamkeit auf uns. Dann hörte ich das Geräusch am Türschloss.

Was war mit Rocky los? Er ging zurück. Was hatte er vor? Schwanz und Nackenhaare stellten sich auf, sein Hinterteil senkte sich. Hoffentlich machte er jetzt keinen Scheiß, die würden doch schießen.

Die Tür bewegte sich. Rocky knurrte jetzt. Leise zwar, aber es klang gefährlich. Brutus würde sich zuerst Rocky vornehmen und anschließend mich für den Fluchtversuch bestrafen.

Wenn ich Glück hatte, dann schoss er mir nur in die Hand und sagte: »Du jetzt haben fertig gestochert!«

Ich kauerte immer noch vor dem Bett, hielt mir die Hand und überlegte, ob ich unters Bett kriechen konnte. Jeden Moment würde Plattnase Brutus mit der Pistole in der Hand vor mir stehen. Ich machte die Augen zu.

Was war das? Ich erschrak, dass mir fast das Herz stehen blieb. Lautes Gepolter, und dann schlug die Tür sofort wieder zu. Da hatte jemand was reingeworfen. Vor meine Füße. Ich traute mich nicht, die Augen aufzumachen, und rechnete mit dem Schlimmsten: Blendgranate, Giftgas, Tränengas … auf jeden Fall eine ganz fiese Strafe. Dem Kerl, der so gemein zu Arco gewesen war, traute ich alles zu. Ich erwartete einen Knall, einen grellen Blitz, teuflische Hitze oder aufsteigende Dämpfe.

Es passierte aber nichts. Als ich die Augen vorsichtig öffnete, erkannte ich gleich auf der Verpackung, was Brutus in unser Gefängnis geworfen hatte. Auch wenn es keine Blendgranate und auch kein Tränengas war, freuen konnte ich mich nicht. Es war nämlich ein Maulkorb für Rocky.

Dann ging die Tür wieder kurz auf, Brutus' Kopf erschien, und er sagte: »Korbmaul auf Nase von Hund! Zack, zack! Klaro?« Dann war er wieder weg, und die Tür schlug zu.

Dabei war das alles andere als Klaro. Ich konnte doch Rocky keinen Maulkorb verpassen. Oder vielleicht doch? Rocky war schlau. Für Polizeihunde sind Maulkörbe nichts Besonderes. Das hatte ich schon öfter gesehen. Außerdem hatte Rocky alles mitbekommen, er würde verstehen, dass der Maulkorb nicht meine Idee gewesen war.

Und wenn Rocky durch den Maulkorb komplett ausgeschaltet war, konnte man ihn locker am Leben lassen. Der konnte ja später nicht reden. Sondern nur bellen.

Ich holte den Maulkorb aus der Schachtel und zeigte

ihn Rocky. Den schien das nicht besonders aufzuregen. Er kam her, schnupperte kurz daran, und dann legte er sich wieder hin. Jeden Moment konnte die Plattnase zurückkommen. Ich sah auf meine Uhr: Es war schon halb drei.

Halb drei?! Oh Gott! Mama! Sie vermisste mich jetzt seit zwei Stunden. Und hatte garantiert spätestens um eins in der Schule angerufen. Anschließend hatte sie bestimmt bei Paps Alarm geschlagen, der alles stehen und liegen gelassen hatte und sofort von der Arbeit heimgekommen war.

Das hatte er schon einmal gemacht, vor zwei Monaten, als ich nachsitzen musste und zu Hause nicht Bescheid gegeben hatte, dass ich später heimkommen würde. Musste man ja nicht unbedingt. Außerdem war ich schon genug gestraft gewesen. Der Teufel hatte mir nämlich einen Mega-Anschiss verpasst.

Da sagst du zu Hause lieber nichts, hatte ich damals gedacht. War aber falsch gedacht: Als die Sache dann auch daheim aufflog, wurde es noch schlimmer.

Ja gut, zugegeben, das war schon eine extrem blöde Sache gewesen, die ich mir da eingebrockt hatte. Und extrem peinlich obendrein. Vorausgegangen war mal wieder eine fiese Mathearbeit. Mit den üblichen Teufel-Spielchen, als der die Hefte zurückgegeben hatte. Dabei war ich wirklich guter Dinge gewesen. Hatte vorher richtig gebüffelt und dann auch während des Tests einiges zu Papier gebracht. Ich hatte gerechnet wie blöd, eine Schulstunde lang, ohne Pause. Drei Seiten voller Zahlen standen am Schluss in meinem Heft.

Ich war richtig stolz. Evi hatte nur eine Seite geschrieben. Das sah ich genau, sie saß ja vor mir.

Gut, im Nachhinein war es vielleicht nicht besonders schlau von mir gewesen, ihr gleich anschließend großspurig zu verkünden, dass ich dieses Mal auch eine gute Note haben würde und vielleicht sogar mein Heft vor ihr zurückbekäme.

»Wird sich zeigen«, meinte Evi knapp.

Zeigte sich auch!

»Wer hier meint, mit vielen Zahlen viele Punkte zu bekommen, hat sich verrechnet«, tönte der Teufel zwei Tage später, kurz bevor er die Hefte zurückgab. Der Stapel lag schon bereit. »Mir reichen wenige Zahlen, Hauptsache, sie sind richtig!«, sagte er dann noch.

Ich ahnte schon, an wessen Adresse das ging.

Evi drehte sich kurz um, schaute mich an, grinste wortlos, wandte sich wieder nach vorne und rutschte in ihre übliche Startposition. Dann wurde sie aufgerufen. Als Erste. Und freute sich wirklich. Vielleicht war sie sich doch nicht so sicher gewesen. Als sie an ihren Platz zurückkam, grinste sie noch mehr als sonst und wedelte mit ihrem Heft direkt vor meiner Nase herum, bevor sie sich wieder hinsetzte.

Blöderweise wippte ich gerade in diesem Moment mit meinem Stuhl. Jedenfalls kam sie mir mit ihrem Gewedel so nahe, dass ich zurückwich, mitsamt dem Stuhl das Gleichgewicht verlor, nach hinten kippte und mit lautem Getöse auf dem Boden landete.

Die Klasse brüllte los vor Lachen.

Und dann gleich noch einmal, nachdem der Teufel gesagt hatte: »Das wird heute nicht deine einzige Bauchlandung gewesen sein, Felix!«

Als ich wieder auf meinem Stuhl saß, wurde es sogar noch fieser. Normalerweise schlug Evi ihr Heft auf, nachdem sie es bekommen hatte, checkte kurz die Note und schob es dann aufgeschlagen von sich weg. Sodass jeder, der in Sichtweite war, ihre supergute Note lesen konnte. Dieses Mal nicht. Dieses Mal schlug sie das Heft erst gar nicht auf, schob es aber trotzdem nach vorne. Wahrscheinlich wollte sie mich noch etwas zappeln lassen.

Jedenfalls lag das geschlossene Heft direkt vor meiner Nase.

Zum Glück erlöste mich die Klingel zur großen Pause, nachdem ich mein Heft als Letzter abholt hatte. Ich legte es nur kurz auf meinen Platz, ließ es ebenfalls zugeschlagen und düste sofort in die Pause. Ich wollte nur noch raus. Außerdem war klar, was ich für eine Note hatte.

Und als dann auf dem Pausenhof die Hälfte der Klasse immer noch grinste, verdrückte ich mich heimlich gleich wieder ins Klassenzimmer.

Okay, was dann kam, hätte ich besser bleiben lassen. Das war wirklich eine oberblöde Aktion. Ich war allein im Klassenzimmer, schlug Evis Heft auf, nahm einen roten Buntstift aus meinem Mäppchen und fügte der roten Eins vom Teufel, die nur aus einem senkrechten Strich bestand, zwei kleine Striche hinzu. Sodass daraus eine blitzsaubere Vier wurde.

Gut, im Nachhinein musste ich zugeben, ganz so blitzsauber war die Vier dann doch nicht geworden. Es war ein anderes Rot, und die Striche waren unterschiedlich dick gewesen. Wenn man genau hinschaute, sah man das. Eigentlich musste man gar nicht genau hinschauen. Das sah man gleich auf den ersten Blick.

Der anschließende Spaß, als Evi nach der Pause ihr Heft aufschlug, war dann auch nur sehr kurz, aber immerhin, ihr hättet mal ihr Gesicht sehen sollen. Zumindest im ersten Moment: Sie wurde weiß wie eine Wand, pumpte wie ein Maikäfer und brachte keinen Ton heraus.

Zumindest stand sie für ungefähr zwei Sekunden so da. Dann schaute sie noch einmal genau ins Heft, drehte sich kurz zu mir, kniff die Augen zusammen, drehte den Kopf wieder nach vorne, reckte die Hand in die Luft und rief: »Herr Teufel, Herr Teufel!«

Der Rest ging schnell. Eine Minute später stand der Teufel bei Evi. Er brauchte nur einen kurzen Blick ins Heft zu werfen, und nach weiteren zwei Minuten war der Teufel beim Rektor. Mit mir im Schlepptau.

Danach gab's drei Vier-Augen-Gespräche: »Rektor mit Teufel«, »Rektor mit mir« und noch einmal »Rektor mit Teufel«. Ich hatte den Eindruck, dass der Rektor nicht ganz so streng war wie der Teufel, aber Ärger gab es trotzdem. Am Schluss war ein Eintrag ins Klassenbuch fällig, ein Mega-Anschiss vom Teufel mit Worten wie Urkundenfälschung und dem ganzen Pipapo, vor der ganzen Klasse natürlich, und besagte Nachsitzerei.

Aber ich sag's euch, wie gerne hätte ich mir genau das jetzt noch mal angehört. Wäre mir total egal gewesen, weil ich dann nämlich in der Schule gesessen hätte und nicht in diesem Gefängnis hier. Dann würde ich gerade auch nicht daran denken, wie traurig Mama vermutlich war. Oder Paps. Oder Anna.

Rocky hatte sich den Maulkorb ohne großen Widerstand aufsetzen lassen. Es war gar nicht so schwer gewesen. Das war bestimmt nicht das erste Mal, dass er so was über die Schnauze gestülpt bekam. Er hatte mir sein Maul nämlich sogar richtig hingehalten.

Da kommt gleich wieder jemand rein. Das ist jetzt der andere. Das rieche ich.

Und ich habe diesen blöden Maulkorb auf der Nase. Wenn's wenigstens der wäre, den man mir sonst immer aufsetzt. Aber der hier riecht anders, und er sitzt nicht richtig. Ist aber auch kein Wunder bei dem Gefummel und Gezerre, mit dem der kleine Chef ihn mir aufgesetzt hat.

Wieso hat er mir überhaupt einen Maulkorb verpasst? Er hätte damit gut warten können. Ausgerechnet jetzt, wo der Mann kommt. Mit Maulkorb kann ich nicht viel machen.

Anspringen vielleicht und versuchen, den Kerl umzuwerfen. Habe ich schon oft gemacht, aber da hatte ich einen Chef, der anschließend eingegriffen und übernommen hat. Meistens hat er den Gangstern die Hände auf den Rücken gedreht und Handschellen festgemacht.

Immerhin rieche ich keine Pistole. Vielleicht erst mal abwarten und beobachten. Oder knurren. Ja, böse Knurren kann nicht schaden. Das geht auch mit Maulkorb.

Was macht der Chef? Das Knurren müsste ihn alarmieren.

Nichts. Da kommt kein Zeichen, kein Achtung,

Rocky!, kein Garnix. Er sieht auch nicht gut aus. Er hat Angst.

Der Mann kommt rein. Weiterknurren.

Na also, er bleibt an der Tür. Gut so. Sieht er gefährlich aus? Geht so. Er sieht gar nicht so böse aus. Anders als sein Gangster-Kumpel. Aber wenn er sich mir oder dem Chef nähert, muss ich was tun.

Sieht aber nicht danach aus. Das, was er jetzt sagt, hört sich nicht obergefährlich an. Seine Stimme ist ruhig. Klingt nicht so, dass ich gleich was tun müsste.

Was mit dem Hund los sei, hatte der große Gangster gefragt, während Rocky ihn böse anknurrte.

»Äh, weiß nicht …«, stotterte ich herum. »Vielleicht muss er mal raus.« Mir fiel nichts Besseres ein.

Keine Ahnung, ob mir der Gangster das abgenommen hatte. Jedenfalls zögerte er kurz, schien zu überlegen, aber dann durften wir tatsächlich für ein paar Minuten raus. Ohne Maulkorb hätte er uns das bestimmt nicht erlaubt.

Das Gebäude hatte noch eine Hintertür, die in einen eingezäunten asphaltierten Hof führte. Durch den Zaun erkannte ich ein verwildertes Gelände mit großen Büschen und ein paar Bäumen – unmöglich zu erreichen.

Rocky ging zunächst brav bei Fuß, hob zweimal das Bein, aber dann zog es ihn zu einer Stelle, an der eine Gittertür ins freie Gelände führte. Ein großes Schloss war dran. Ich hatte den Eindruck, dass er nach einer Möglichkeit suchte, hinter den Zaun zu kommen.

Brutus stand an der offenen Haustür und beobachtete uns ganz genau. Deshalb zog ich Rocky schnell weg. Ich wollte keinen unnötigen Ärger.

Das große Geschäft oder so was konnte es auch nicht sein. Gestern hatte er auch, ohne zu zögern, auf den Gehweg gemacht. Was er hier nicht tun sollte: »Wehe, wenn Hund kacken in Hof!«, hatte mir Brutus mit auf den Weg gegeben. »Du einsammeln!« Die wollten offenbar keine Spuren hinterlassen, ging es mir durch den Kopf.

Genau so wie der letzte Satz des Großen an Brutus, den ich noch halb mitbekam, kurz bevor wir den Hof betreten hatten: »… und wir werden das jetzt verdammt noch mal über die Runden bringen …«, oder so ähnlich.

Das hieß eigentlich nur eins: Ich musste mir was einfallen lassen, um hier wegzukommen. Und zwar schnell. Aber wie?

Auf dem Weg zurück in unsere Zelle überlegte ich,

wie es wohl gewesen wäre, wenn es da einen Durchschlupf im Zaun gegeben und Rockys Knoten sich gelöst hätte. Er zog ja manchmal ziemlich kräftig an der Leine. So wie gestern vor der Eisdiele.

Zurück im kleinen Zimmer warteten eine Flasche Wasser, eine halbe Stange Salami und zwei Brötchen auf uns. Ich hatte einen Bärenhunger, musste aber sofort an Arco denken. Und schon hatte ich keinen Appetit mehr.

Rocky hatte bestimmt auch Hunger. Aber ich traute mich nicht, ihm etwas zu geben. Auch wenn er mich mit seinen großen dunklen Augen anschaute.

Später konnte ich nicht einschlafen und starrte an die Decke. Es war halb elf und draußen bestimmt schon dunkel. Normalerweise schlief ich um diese Uhrzeit bereits selig.

Ich lag auf diesem Bett in unserer Gefängniszelle, wälzte mich hin und her und grübelte. Rocky schlief selig auf dem Fußboden. Anna ging mir wieder durch den Kopf. Wer sollte auf sie aufpassen, wenn sie in die Schule kam? Ich hatte es ihr doch versprochen. Mein Kopfkissen wurde immer feuchter, und mein Magen krampfte sich zusammen, dass ich Bauchweh bekam. Um elf schlief ich immer noch nicht.

Dann gab es keine andere Möglichkeit mehr.

Eine Minute später lag ich auf dem Boden. Die Decke, die ich unter mich gelegt hatte, nützte nicht viel, ich spürte die harten Fliesen trotzdem. War mir aber egal, Hauptsache, ich spürte etwas anderes: Rocky! Ich rutschte ganz nah an ihn ran. Bis ich seinen warmen Körper richtig spüren konnte. Auch im Schlaf schnaufte er schnell. Ich legte eine Hand auf seinen Rücken, spürte seinen schnellen Atem und konnte mich an dem starken Geruch seines Fells nicht sattriechen.

Bis ich endlich einschlief.

7.

Alles ruhig. Aber ziemlich dunkel heute Morgen.

Wie riecht es? Alles normal.

Erst einmal gähnen.

Und strecken. Ja, strecken muss sein nach so einer Nacht. Da habe ich schon bequemere Quartiere gehabt. Außerdem war es laut. Ich habe immer wieder ein Ziehen und Zerren gehört. Zwischendurch hat es gepoltert. Das ist aus dem Raum mit den Kisten gekommen. Der kleine Chef, der neben mir liegt, ist auch ziemlich unruhig gewesen.

Aaaaaah, das Strecken tut gut. Meine Knochen knacken zwar immer noch, aber es ist schon besser.

Ich wittere immer noch die Kisten mit dem Zeugs. Vielleicht klappt es heute. Ich muss dorthin, das muss unbedingt untersucht werden. Waffen sind auf jeden Fall dabei. Aber auch viele andere Sachen von verschiedenen Menschen aus verschiedenen Häusern.

Was macht der kleine Chef? Schläft er noch? Wir müssen doch raus hier. Mal sehen, ob er die Augen schon auf hat?

Nichts. Kurz ablecken vielleicht. Ja, ablecken ist immer gut, das kann nie schaden.

Na also, die Augen gehen auf. Jetzt gähnt er und streckt sich. Gut, dann ist er wach.

Nein, stopp, was ist das jetzt? Die Augen des kleinen Chefs gehen wieder zu. Na schön, dann halt wieder von vorn.

Endlich. Er hat das Licht eingeschaltet. Jetzt ist er wach! Er sitzt da und überlegt.

Aber jetzt macht er was Komisches. Er knotet die Leine an meinem Halsband fest. Will er spazieren gehen? Wir können doch hier nicht raus. Die Tür ist abgeschlossen. Oder ist sie jetzt offen? Umso besser. Uff, ich freu mich, wenn es endlich losgeht!

Jetzt zieht er an der Leine. Wo will er denn hin? Was soll das?

Zack, jetzt hat sich die Leine wieder gelöst. Er hat sie nicht richtig festgemacht.

Er knotet sie wieder dran. Wieso ist das so ein ewiges Gefummel? Sonst hat das doch gut geklappt.

Er zieht wieder dran. Wieso zieht er so stark? Ich komme ja …

Schon zieht er in die andere Richtung. Ich gehe mit, aber ich glaube, das will er gar nicht. Soll das ein Spiel sein?

Er zieht mich im ganzen Zimmer herum. Hin und her. Mit dem kleinen Chef stimmt was nicht.

Was macht er jetzt? Er macht die Leine wieder weg! Ja, was jetzt? Was will er denn?

Mist, das war der falsche falsche Knoten! Nein, das war eigentlich überhaupt kein Knoten.

Rocky sah mich ganz komisch an. Seit ein paar Minuten versuchte ich, genau den Knoten nachzumachen, der gestern vor der Eisdiele aufgegangen war. Mir war nämlich eine spitzenmäßige neue Idee gekommen. Wenn ich mich bloß an den Knoten erinnern könnte …

Es war zwar noch sehr früh und ich hätte gerne noch etwas weitergepennt, aber Rocky ließ mich nicht mehr schlafen. Außerdem taten mir sämtliche Knochen weh, die Fliesen waren nicht gerade bequem. Ich war die ganze Nacht über immer wieder aufgewacht, weil es so unbequem und auch ein bisschen kalt war, wollte aber trotzdem nicht zurück ins Bett. Ohne ganz nah bei Rocky zu sein, hätte ich überhaupt kein Auge zugemacht.

Obwohl wir immer noch eingesperrt waren, konnte ich heute Morgen irgendwie besser nachdenken. Mir fiel nämlich gleich wieder ein, was mir gestern durch den Kopf gegangen war, als Rocky bei unserer Runde im Hof an der Leine gezogen hatte. Wenn er sich losreißen könnte …

Ich musste jetzt den Gangstern nur irgendwie klarmachen, dass Rocky morgens sein großes Geschäft machen musste.

Könnte ja sein. Ist wahrscheinlich auch so. Ist doch ganz normal, dass man morgens …

Und wenn die Gangster nicht wollten, dass Rocky ihnen den Hof vollkackte, müssten sie ihn in die Büsche hinter den Zaun führen. Mit Leine und Maulkorb wäre das ja kein Problem, das konnten sie locker riskieren. Aber wenn ich vorher die Leine mit dem gleichen falschen Knoten festgebunden hätte wie vor der Eisdiele … mit diesem … äh, wie hatte Frank ihn genannt? Diesem … Halbmast… Dingens … Und wenn dann Rocky stark ziehen würde, was er ja eigentlich ständig machte, ginge der Knoten auf, Rocky wäre frei und könnte vielleicht schnell davonlaufen. Und Hilfe holen. Hmmm?

Ich versuchte ein paar Mal, den richtigen Knoten hinzukriegen, aber Rocky kapierte nicht, was ich von ihm wollte.

»Rocky, du darfst nicht mitgehen. Du musst dich dagegenstemmen, sonst können wir das nicht ausprobieren«, versuchte ich zu erklären. »Achtung, ich ziehe jetzt!«

Aber es klappte wieder nicht. Egal, in welche Richtung ich zog, Rocky ging mit.

Moment … Der Knotentest ging auch ohne Rocky. Ich nahm das Halsband mitsamt der Leine von Rockys Hals ab und befestigte es am Fuß des Bettgestells. Dann zog ich wieder daran. Nichts. Doch. Das Bett schrappte in meine Richtung und machte dabei einen ziemlichen Lärm. Verdammt. Ich schob es zurück und versuchte es noch einmal. Dieses Mal stemmte ich meinen Fuß gegen das Bett, während ich an der Leine zog.

Wieder nichts.

Ich drückte den Fuß fester gegen das Bett und zog stärker.

Immer noch nichts.

Jetzt das Ganze noch einmal, aber mit voller Kraft. So stark ich konnte.

Nichts. Ganz im Gegenteil, ich hatte den Eindruck, dass sich der Knoten immer fester zuzog.

Tat er tatsächlich. Ich bekam ihn nämlich kaum noch auf. Mist, voll das Gefummel!

Was hatte Frank gesagt? Jetzt fiel's mir wieder ein: »Du hast einen Halbmastwurf gemacht«, hatte er gemeint. »Der Mastwurf hat einen Schlag mehr und zieht sich fest.«

Dann hatte ich also gerade den richtigen Mastwurf geknotet – falsch! Ich wollte es gerade noch einmal versuchen, diesmal mit einem Schlag weniger, als ich Geräusche am Türschloss hörte. Wahrscheinlich hatte ich bei meinen Versuchen mit der Leine am Bettfuß zu viel Lärm gemacht. Verdammt!

Rocky war sofort aufmerksam, sprang auf und stand da wie eine Eins. Ohne alles. Keine Leine, kein Maulkorb, kein Garnichts … nicht einmal das Halsband hatte er um. Konnte er auch nicht, das hing ja alles noch an dem blöden Bettfuß.

Verdammt, wenn jetzt einer reinkommt, gibt's einen Mega-Ärger, und der ganze schöne Plan ist dahin.

Kaum hatte ich zu Ende gedacht, öffnete sich auch schon die Tür, und jemand linste rein. Aber nur kurz, dann schlug die Tür wieder zu. Ich erkannte nicht, wer es gewesen war, konnte mir aber denken, was passiert war. Die Gangster hatten Rocky gesehen, und zack!, flog die Tür wieder zu.

Ich schnappte mir das Halsband und legte es Rocky, so schnell es ging, um.

Kaum saß ich auf dem Bett, eine Hand an Rockys Halsband, ging die Tür wieder auf.

»Was ist hier los?« Ich konnte zwar niemanden sehen, aber ich erkannte die Stimme sofort und war froh, dass es der Große war.

»Wieso seid ihr schon auf?«, fragte er.

»Äh, Rocky …«, stammelte ich.

»Muss da einer raus?«

»Äh, ja, Rocky …, der muss immer so früh.«

»Groß oder klein?«

Wie, was? Groß oder klein? … Ach so!

»Äh, groß … ja, groß!«

»In fünf Minuten hat er seinen Maulkorb um und ist an der Leine!« Die Tür schloss sich wieder.

Mit dem klaren Kopf und dem Besser-Nachdenken von vorhin war es auf einen Schlag vorbei.

Fünf Minuten, hatte er gesagt. Bis ich das richtig geschnallt hatte, war bestimmt eine schon um. Blieben noch vier.

Ich versuchte, einigermaßen klar zu denken. Maulkorb und an die Leine, hatte er gesagt. An die Leine bedeutete: falscher Knoten, aber dieses Mal der richtige falsche Knoten.

Maulkorb. Zuerst musste der Maulkorb dran. Wo war der blöde Maulkorb? Ich schaute mich im Zimmer um.

Verdammt, der Maulkorb war nicht mehr da. Das gibt's doch nicht. Ich versuchte, mich zu erinnern. Mir fiel aber nichts ein. Die Gedanken fuhren schon wieder Achterbahn in meinem Kopf. In fünf Minuten hat er seinen Maulkorb auf und ist an der Leine!, poppte sofort wieder hoch. Jetzt waren's bestimmt nur noch drei. Verdammt.

Der Maulkorb. Wo war dieser blöde Maulkorb? Ich schaute mich noch einmal überall um. Nichts. Ich ging auf die Knie.

Dann sah ich ihn. Unterm Bett. Wahrscheinlich war er durch das Gezerre am Bett druntergerutscht.

Ich hatte wieder Mühe, den Maulkorb an Rockys Kopf zu befestigen.

Schließlich war es aber geschafft, der Maulkorb war dran. Dann das Halsband. Und jetzt die Leine.

Wie viel Zeit hatte ich noch? Eine Minute vielleicht. Für den richtigen falschen Knoten.

Jeden Moment konnte die Tür aufgehen, die Gangster würden mein Gezitter sehen und die Leine selbst festbinden. Sie hätten kein Problem damit, Rocky hatte ja den Maulkorb auf. Und der ganze schöne Plan wäre dahin.

Ein Schlag. Noch ein Schlag. Nein, einer weniger …

Sah gut aus. Nein, sah schlecht aus …

Ich hatte keine Ahnung, ob ich den Knoten richtig geknüpft hatte. Kaum hatte ich den ersten Versuch für den richtigen falschen Knoten gemacht, war die Tür aufgegangen, und nachdem sie sich vergewissert hatten, dass Rocky seinen Maulkorb trug, waren gleich beide Gangster hereingekommen. Wie lange das dauern würde, bis Rocky mit dem großen Geschäft fertig wäre, hatte Plattnase Brutus gefragt, der noch ziemlich verschlafen aussah.

Ich wusste nicht, was ich sagen sollte, und zuckte bloß mit den Schultern. Brutus machte einen ziemlich genervten Eindruck.

»Nicht lange!«, sagte ich deshalb schnell. Nicht, dass die sich das noch anders überlegten.

Dann nahmen sie Rockys Leine und versuchten, ihn aus dem Zimmer zu führen. Rocky wollte aber nicht. Das kannte ich. Wenn Rocky nicht wollte, dann wollte er nicht!

Die Gangster zogen an der Leine, Rocky hielt dagegen und knurrte böse. Nichts zu machen. Verdammt, wenn mir tatsächlich der richtige falsche Knoten gelungen war, konnte er jeden Augenblick aufgehen. Oder die Männer könnten keine Lust mehr haben. Und dann wäre der Plan gelaufen. Rocky blieb stur.

»Rocky, du gehst jetzt mit den Männern«, sagte ich. Ich ging zu ihm hin, schlang die Arme um seinen Hals und flüsterte ihm ins Ohr: »Los, Rocky, geh mit! Viel Glück!«

Eine Minute später war ich allein. Und zwar richtig allein. Rocky schien die Botschaft verstanden zu haben. Zumindest ließ er sich aus dem Zimmer führen, nachdem ich ihn wieder losgelassen hatte. Dabei hätte ich ihn gerne noch länger gedrückt und gespürt. Ich konnte Rocky immer noch riechen.

Ich schluckte. Zuerst kämpfte ich mit den Tränen. Als die Tür dann »Ratsch-Klack!« gemacht hatte, heulte ich los.

Peng!!!

Ein Knall riss mich aus meinen Gedanken. Und das, nachdem ich mich gerade wieder etwas beruhigt hatte.

Was war das?

Ein Schuss?

Das war eindeutig ein Schuss!

Peng!!!

Noch einer! Mir wurde heiß und kalt.

Da schießt jemand.

Peng!!! Peng!!!

Das kann doch nur … Nein, bitte nicht!

Doch, bestimmt, die schießen auf Rocky!

Mein Herz raste sofort mit Höchstgeschwindigkeit. Der Puls durchschlug fast meinen Hals.

Dann wurde mir übel. Dann schummrig. Ich musste mich aufs Bett setzen, die Beine gaben nach.

Dann wurde es schwarz.

Wo war ich? Vorsichtig machte ich die Augen auf, schloss sie aber gleich wieder. Mein Kopf tat mörderweh und mir war immer noch übel.

Ich war aufgewacht, weil ich laute Stimmen gehört hatte. Da schrie jemand rum und rief Kommandos.

Was ist da los?

Neuer Versuch: Ich versuchte erneut, die Augen zu öffnen. Ein Licht blendete mich. Es war die helle Glühbirne, die von der kahlen Decke strahlte.

Dann dämmerte es mir.

Plötzlich wusste ich wieder, wo ich war, warum ich hier war, und ich wusste, warum ich ohnmächtig geworden war.

Weil ich Schüsse gehört hatte. Weil die Gangster auf Rocky geschossen hatten.

Der arme Rocky.

Bestimmt war der Knoten aufgegangen. Mein Plan

hatte funktioniert, Rocky wollte flüchten … und dann … Brutus hatte hinten an seinen Hosenbund gegriffen, die Pistole gezogen … so musste es gewesen sein.

… sie hatten auf ihn geschossen …

… und jetzt war er tot.

Und ich war schuld! Tränen schossen mir in die Augen, ich fing an zu zittern, und mir wurde gleich wieder schummrig. Die Schwärze kam schon wieder zurück.

Lieber Gott, lass Rocky nicht tot sein, schwirrte es durch meinen Nebelkopf. Lass mich ohnmächtig werden, aufwachen, und Rocky ist wieder da.

Der liebe Gott tat mir den Gefallen nicht. Die Geräusche draußen wurden lauter, und ich schlug die Augen wieder auf.

Zack! Der Knoten ist aufgegangen.

Das muss der Plan des kleinen Chefs gewesen sein. Deshalb das ewige Gefummel mit Leine und Halsband!

Wo bin ich hier? Egal, freie Bahn, kein Zaun, nichts mehr. Sicher hat der kleine Chef gewollt, dass ich Hilfe hole. Nichts wie weg hier! Ich jage davon, so schnell ich kann.

Verdammt, die schießen! Sofort Haken schlagen.

Mist, das ist auch schon mal schneller gegangen. Nicht schon wieder! Ich darf nicht noch einmal zu spät kommen.

Da sind Gestrüpp und Bäume – da muss ich rein, damit sie mich nicht treffen können!

Schon wieder Schüsse! Uff, verdammt. Weiter Haken schlagen.

Wo soll ich hin? Nach links, nach rechts? Egal, Hauptsache weg.

Verstecken oder weiterrennen?

Ich muss so schnell wie möglich Alarm schlagen. Bei meinem Polizei-Chef oder am Dienstgebäude der Hundestaffel. Der kleine Chef ist in Gefahr. Weiterrennen!

Uff … jetzt bin ich ganz schön lange gerannt. Müsste weit genug weg sein. Ich höre keine Schüsse mehr und rieche die Gangster kaum noch. Aber wo bin ich? Und wo geht's zu meinem alten Polizei-Chef?

Da vorne, da war ich schon mal. Das ist der Weg, auf dem ich mit dem kleinen Chef vom Hundegefängnis aus hergelaufen bin. Besser zuerst dorthin! Da rennc ich hin.

Jetzt wittere ich schon die vielen Hunde. Gleich bin ich da.

Ich rieche das Mädchen, das ich gestern gesucht habe und zu dem sie Evi sagen.

Da ist aber noch mehr: andere Hunde. Die dort nicht hingehören. Aber die kenne ich doch. Die sind von der Hundestaffel. Nichts wie hin.

»WAU, WAU, WAU, WAU, WAU …!«

»Rocky!«

Der Chef des Tierheims. Er hat mich gesehen.

Die Stimmen der Männer hörten sich an, als hätten sie richtigen Stress. Ich verstand nur Satzfetzen: »… Kisten auf Lieferwagen …«, und: »Was machen mit Zwerg?«

Meinten die mich?

Klar, meinten die mich, wen sonst!

Was würden die bloß tun?

Ich dachte an meine Eltern und an Anna. Dann wurde es schon wieder schwarz …

»Was ist mit dem los?«, hörte ich aus weiter Entfernung eine Stimme, dumpf, wie durch Watte.

»Zwerg tot?!«

War ich tot?

»Quatsch!«, sagte die andere Stimme, deutlicher jetzt und nicht mehr so weit weg.

Mir kam sie sogar ziemlich nah vor. Es roch auch nicht gut. Dann packte mich jemand am Arm und schüttelte mich. Ich schlug die Augen auf und blickte in das Gesicht eines unrasierten, übel riechenden Mannes, der noch viel stärker roch als Rocky. Und viel schlechter. Brutus.

»Los, kommen mit!«

Rocky fiel mir ein. Dass wir getrennt worden waren. Die Schüsse, die ich gehört hatte. Ich überlegte, ob ich fragen sollte, was mit ihm war. Ich ließ es dann aber sein, vielleicht wollte ich es lieber nicht wissen … Und der Kerl schien es eilig zu haben. Sehr sogar. Er blickte sich die ganze Zeit nervös um, als erwartete er, dass jeden Augenblick jemand käme. Außerdem schaute er sich hektisch in meiner kleinen Zelle um und stopfte die paar Dinge, die rumlagen, in eine Tasche.

Dann schubste er mich mit der linken Hand vor sich her, die rechte ging zum Rücken – ich kapierte! Zuerst durch den Flur, dann zur Vordertür in den Hof hinaus, wo die Autos parkten. Was sollte das schon wieder werden? Brutus packte mich am Arm und zog mich zu dem Kofferraum des roten Autos, den er öffnete.

Nein, das kann er nicht wollen. Bitte nicht! Dann ließ er mich los und zeigte in den leeren Kofferraum. Die andere Hand bewegte sich zum Rücken. Ich hatte keine Wahl.

Eine Minute später hätte ich allen Grund gehabt, wieder ohnmächtig zu werden, aber dort, wo ich mich jetzt befand, musste mir erst gar nicht schwarz vor Augen werden – es war bereits schwarz. Ziemlich schwarz.

Ich war in einem Auto. Aber ich saß nicht auf einem normalen Sitzplatz, sondern lag im Kofferraum.

8.

Da sind zwei Spürhunde mit ihren Polizei-Chefs. Was machen die hier bei den vielen Hunden? Sollen die den kleinen Chef suchen? Das kann ich doch erledigen. Ich bin ja jetzt hier!

Uff … endlich macht mir der Mann mit den vielen Hunden diesen blöden Maulkorb weg. Ich belle laut, ich muss ihnen zeigen, dass ich etwas weiß, dass der Junge in Gefahr ist. Kommt, los, lauft mir nach!

»Ruhig, Rocky, ruhig! Sitz!«

Ich kann jetzt nicht ruhig sein. Und schon gar nicht

»Sitz!» machen. Habt ihr nicht gehört? Wir müssen gleich los, der kleine Chef ist in Gefahr!

Da kommt eine Frau. Und ein Mann. Wonach riechen die? Uff, das ist komisch … das gibt's doch nicht! Die riechen nach dem kleinen Chef. Die müssen zum kleinen Chef gehören. Wieso kapieren sie das nicht, sie müssen doch verstehen, dass das hier wichtig ist! Sie wollen doch bestimmt auch, dass wir den kleinen Chef retten. »WAU, WAU, WAU …!« Ich belle immer weiter.

Die Frau holt was aus ihrer Tasche. Ein Stück Stoff. Das gehört dem kleinen Chef, das rieche ich genau. Kommt schon, ich kann euch zeigen, wo er ist! Die beiden sollen mitkommen.

Aber sie hören nicht auf mich.

Jetzt geben sie den Polizei-Chefs das Stück Stoff. Die halten ihn den jungen Spürhunden vor die Nase. Ich weiß, was sie vorhaben. Aber das kann ich doch viel besser erledigen! Klar, die jungen Hunde können den Chef auch erschnüffeln – aber ich weiß doch schon, wo er ist!

Ich muss näher ran. Ich muss der Frau Bescheid geben, dass der kleine Chef in Gefahr ist. Bellen. Laut. Sie soll mich nehmen und »Los, Rocky!« sagen. Dann zeig ich ihr, wo der kleine Chef ist.

Aber sie geht zwei Schritte zurück. Sie hat Angst.

»WAU, WAU, WAU, WAU, WAU …!« Komm schon!

Jetzt hat sie noch mehr Angst, das rieche ich.

»Ruhig, Rocky, ruhig!« Der Mann mit den vielen Hunden versucht, mich festzuhalten, und will, dass ich leise bin. Geht aber nicht. Nicht, wenn keiner auf mich hört!

»ROCKY!«

Ich belle weiter. Wieso mischen sich jetzt die jungen Hunde ein? Die sollen sich raushalten. Ruhig sollen die sein, das ist mein Auftrag! Wir müssen los. Es ist eilig, der kleine Chef ist in Gefahr!

Endlich. Einer der Polizei-Chefs legt mir eine Leine an. Sie haben's kapiert.

»Damit du kannst schnaufen«, sagte Brutus. Er hatte die Kofferraumklappe einen kleinen Spalt offen gelassen, damit etwas Luft und Licht reinkam. Dazu hatte Brutus extra eine Schnur außen am Kofferraumdeckel befestigt, ein Stück Holz dazwischengeklemmt und das Ganze festgezurrt. Und das alles in Windeseile, die wollten wirklich schnell weg.

Ich verstand nicht, was los war. Ich wusste nur noch

eins, dass ich Angst hatte und in meinem Kopf das Karussell wieder losfuhr und immer mehr beschleunigte. Ich zitterte, fror und schwitzte gleichzeitig. Und ich hatte keine Ahnung, wie ich aus dieser Situation hier wieder rauskommen sollte. Selbst, wenn es Rocky geschafft hatte, Hilfe zu holen, würden wir über alle Berge sein, bis er zurückkam. Am liebsten hätte ich die Augen geschlossen und gehofft, dass alles gut war, wenn ich sie wieder öffnete.

Es gelang mir aber nicht, mich wegzuträumen. Denn sobald ich die Augen schloss, wurde mir schummrig, und eine so große Übelkeit kroch in mir hoch, dass ich mich fast übergeben hätte.

Ich machte die Augen wieder auf und versuchte, bewusst die frische Luft einzuatmen, die durch den Schlitz strömte. Mein Herz schlug wieder langsamer. Ich atmete jetzt tief und fest und beruhigte mich etwas.

Im Kofferraum war es gar nicht so eng, wie es mir zuerst vorgekommen war. Ich konnte mich sogar bewegen. Dafür stank es nach Benzin. Ein Glück, dass durch den Schlitz Luft reinkam.

Es musste eine Flucht sein, die hier gerade ablief. Und zwar eine ziemlich überstürzte. Das wurde mir immer klarer. Das zweite Auto war ein Lieferwagen, in den der Große die Kisten einlud, die Rocky und mir bereits gestern aufgefallen waren, als die Gangster uns zu unserer Gefängniszelle führten. Vermutlich voll mit zusammengeklautem Zeug, das die Gangster jetzt wegschafften.

Die schnelle Flucht konnte nur einen Grund haben. Und der musste Rocky heißen. Eigentlich war es glasklar. Wieso war ich bloß nicht gleich darauf gekommen? Ich hatte die Schüsse gehört. Kurz darauf war Brutus in mein Zimmer gestürmt, hatte die Sachen zusammengepackt und mich nur wenige Minuten später zum Auto geschubst. Es war jetzt kurz vor neun. Das verriet mir ein Blick auf meine Uhr. Ich musste den Arm zwar etwas hochhalten, damit Licht darauf fiel, ich erkannte die Uhrzeit aber genau. Es konnte höchstens eine halbe Stunde vergangen sein, seit Rocky mit den Gangstern aus dem Zimmer gegangen war. Er musste entkommen sein. Und jetzt hatten die Gangster Angst, dass er ihnen die Polizei auf den Hals hetzte.

Gut, es war nicht auszuschließen, dass Rocky verwundet worden war. Womöglich war er mit einer Schussverletzung noch ein paar Hundert Meter gekommen und dann liegen geblieben … Vielleicht war er aber auch genau für solche Situationen ausgebildet, sodass er sofort viele Haken geschlagen hatte und schnell im dichten Gebüsch verschwunden war, ohne dass er getroffen worden war, auch, wenn Brutus das halbe Magazin leer geballert hatte. Schnell war Rocky noch, das hatte ich ja selbst erlebt.

»Frank!«

Frank, so nennen sie den Mann mit den vielen Hunden. Wieso rufen sie nach ihm? Den brauchen wir nicht. Am besten, ich ziehe gleich mal an der Leine, um den Polizisten zu zeigen, dass ich etwas weiß …

Warum hält der Polizei-Chef mich zurück? Wir müssen doch los!

»Komm, Rocky!« Wieso hat jetzt der Mann mit den vielen Hunden meine Leine? Er will mich wegziehen. Das ist die falsche Richtung! Der Polizei-Chef will, dass ich mitgehe. Das ist ein Befehl, ich muss folgen!

Der Mann führt mich wieder zu einem der Gitterkäfige. Was gibt das? Nein, das kann nicht sein.

Jetzt haben sie mich eingesperrt. Bellen? Ich habe doch schon so viel gebellt.

Den Käfig kenn ich doch. Und die halbe Portion von nebenan ebenfalls. Er kommt an den Zaun. Der soll mich bloß in Ruhe lassen.

Ich schöpfte wieder Hoffnung. Der Gedanke daran, dass Rocky die Flucht geglückt sein könnte und dass er am Leben war, gab mir neue Kraft. Vielleicht würde es ihm doch gelingen, Hilfe zu holen. Rocky war schlau. Und er war immer noch ein guter Spürhund. Dann fragte ich mich aber, was es mir nützte, wenn er die Polizei an den Ort führte, wo wir eingesperrt gewesen waren … Es war ja niemand mehr dort. Oder würde Rocky trotzdem meine Spur verfolgen können?

Ich hatte keine Ahnung, auf welche Distanz Spürhunde einen vermissten Menschen wittern konnten – aber die Autofahrt würde es Rocky definitiv schwer machen. So ein Auto stank schließlich ziemlich nach Abgasen, ich tippte darauf, dass es jeglichen Menschengeruch überdeckte. Ich musste unbedingt einen Weg finden, wie mich Rocky aufspüren konnte, nachdem er die Polizei zum alten Versteck geführt hatte. Ich war jetzt nämlich eine Geisel. Und eine Geisel brauchten die Gangster nur, solange sie nicht in Sicherheit waren. Oder als Schutzschild. Und dann … »Peng, peng, peng!«. Keine Zeugen!

Ich konnte mich im Kofferraum einigermaßen bewegen. Ich tastete nach meiner Hosentasche, um mein Taschentuch rauszuziehen. Denn mir war gerade wieder eine Idee gekommen … Damit es nicht dazu kam, dass die Gangster sich überlegen mussten, was sie schließlich mit mir anstellen sollten, musste ich unbedingt heimlich Gegenstände aus dem Luftschlitz des Kofferraums nach draußen befördern. Denn dann könnte Rocky meine Fährte aufnehmen und die Polizei zu mir führen.

Ein einziges Teil von mir würde aber Rocky nicht reichen. Nicht auf so einer langen Strecke. Ich wusste nämlich, dass wir zu einem neuen Versteck fuhren, das zwölf Kilometer entfernt war. Das hatte ich gehört, nachdem Plattnase Brutus mich ins Auto verfrachtet hatte. Ich bekam mit, wie er den Großen fragte, wie weit es bis zum neuen Versteck sei. Brutus wusste offenbar nicht genau, wo's hinging. Und der Große hatte etwas vom Fluss und von zwölf Kilometern gesagt.

Aber was hatte ich außer meinem Taschentuch bei mir, das durch den schmalen Luftschlitz passte? Ich kramte noch einmal in meinen Hosentaschen. War gar nicht so einfach in dieser eingeklemmten Position. Ich fand nichts. Meine Taschen waren leer. Zuletzt war noch Rockys Spielknochen drin gewesen, aber den hatte Brutus mit den anderen Gegenständen aus der Gefängniszelle in die Tasche gepackt.

Ich würde Rocky einen neuen Knochen kaufen. Nein, wenn wir uns je wiedersahen, würde ich ihm zehn neue kaufen. Ich würde jeden Tag sein Lieblingsspiel mit ihm machen. Und ich würde ihn immer gewinnen lassen.

Aber jetzt musste ich mir dringend überlegen, was sonst noch infrage käme, damit Rocky mich wittern konnte – und wann ich den ersten Gegenstand nach draußen befördern sollte.

Sollte ich das Taschentuch vielleicht gleich rauswerfen? Die Gangster würden es nicht bemerken. Der Lieferwagen musste vor uns fahren. Ich konnte durch den Luftschlitz zwar nicht viel erkennen, aber das war kein Lieferwagen, was da hinter uns fuhr. Außerdem blinkte das Auto gerade und bog ab.

Dann fiel mir etwas ein: meine Socken! Klar, die Socken. Die konnte ich wunderbar durch den Schlitz stopfen. Und die rochen auch ziemlich. Optimal für Rockys Nase.

Verdammt, ich kam mit der Hand nicht an meine Schuhe. Ich rollte mich zur Seite und versuchte, den Oberkörper in Richtung Füße zu bewegen, um mit den Händen die Schnürsenkel aufzuziehen. Ich schaffte es nicht. Meine Finger reichten nur bis zum Schienbein, weil ich mit der Schulter an irgendetwas hängen blieb. Ich wand mich und streckte meine Hände und Arme, so gut es ging, versuchte, mich zu verrenken, die Schulter vorbeizuzwängen … es ging aber einfach nicht.

Ich schnaufte, keuchte und schwitzte ohne Ende. Der Kofferraum hatte mittlerweile die Temperatur einer Sauna. Mein T-Shirt klebte, ich war total nass geschwitzt. Außerdem wurde die Luft immer schlechter. Es roch nur noch nach Benzin.

Mir ging die Kraft aus, und ich hatte Hunger und Durst. Kein Wunder, gestern hatte ich kein Mittagessen, dann kein Abendessen und heute kein Frühstück gehabt.

Beinahe hätte ich das Taschentuch durch den Spalt geschoben, mir wieder eine bequemere Position gesucht, die Augen zugemacht und bloß gehofft, dass Rocky es vielleicht doch ganz ohne weitere Hilfe schaffen würde … bis mir Mama, Paps und Anna einfielen. Ich musste es noch einmal versuchen!

Vielleicht ging's auf der anderen Seite besser. Mühsam drehte ich mich. Zuerst versuchte ich wieder mit dem Oberkörper, so weit wie möglich zu den Füßen zu kommen, stieß aber an ein Hindernis. Genau an der gleichen Stelle wie auf der anderen Seite. Das musste die Stelle sein, an der der Kofferraum wegen der Räder enger wurde. Hätte ich mir denken können. Mist!

Ich versuchte, meine Lage etwas zu verändern, den Po nach hinten zu drücken, um mit der Schulter näher an die Füße heranzukommen. Mein Schulterknochen rieb und drückte an der Engstelle, das tat weh. Sehr sogar. Ich drückte weiter. Tränen schossen mir in die Augen. Aber dann gab es einen Ruck, und meine Finger berührten plötzlich die Schuhe. Die Schulter brannte wie Hölle, aber das war mir egal.

Schnell zog ich an den Schnürsenkeln, streifte mir die Schuhe von den Füßen, einen nach dem anderen. Und ich schaffte es mit viel Mühe, mit zwei Fingern die Socken runterzuziehen.

Ich hatte jetzt die Position eines Klappmessers. So zusammengefaltet, halfen mir die Socken gar nichts, ich konnte sie so nicht auf die Straße werfen. Ich musste wieder in die alte Stellung zurück, damit ich an den Luftschlitz kam, der sich jetzt auf Höhe meines Pos befand. Das hieß, noch einmal mit der lädierten Schulter durch die Engstelle, durch die Hölle.

Nein verdammt, ich sollte mir die Schuhe gleich wieder anziehen. Sonst musste ich diese ganze qualvolle Zirkus-Prozedur gleich noch mal machen. Aber wie viel Zeit hatte ich noch?

Wie lange war ich überhaupt schon unterwegs?

Ich konnte auf meiner Uhr nichts erkennen, es war zu dunkel, so weit vom Luftschlitz entfernt. Lange würde ich es in dieser Klappmesser-Position sowieso nicht mehr aushalten.

Und die besten Chancen, mich zu finden, würde Rocky haben, wenn ich die Gegenstände in möglichst gleichmäßigen Abständen nach draußen beförderte. Ich musste also schnellstens die Uhrzeit kontrollieren – und beschloss, dass die Schuhe notfalls ausgezogen bleiben müssten.

Es tat beim Zurückkommen in die Ausgangsposition noch einmal höllisch weh. Aber ich hatte keine Zeit zu verlieren. Womöglich stoppte das Auto bald, weil wir das Ziel erreicht hatten, und ich hätte dann noch alle drei Gegenstände im Kofferraum. All die blöden Verrenkungen, die so wehtaten, umsonst, und Rocky ohne Chance, mich zu finden. Das durfte nicht passieren!

Endlich lag ich wieder mit dem Kopf am Luftschlitz und konnte einen Blick auf meine Uhr werfen. Ich atmete auf, wir waren erst drei Minuten unterwegs. Ich wollte gerade das Taschentuch nach draußen befördern und dachte schon darüber nach, wann wohl die erste Socke dran war. Aber dann hielt ich das Taschentuch zurück. Nichts überstürzen, erst noch mal nachdenken. Die Teile sollten bis zum Zielort in gleichen Abständen raus. So hatte Rocky die beste Chance. War doch klar.

Dazu musste ich aber herausfinden, wie viele Minuten wir insgesamt unterwegs sein würden. Geteilt durch drei, und ich hätte den richtigen Abstand für meine drei Gegenstände für Rocky herausgefunden.

Hmmmm … Ich überlegte.

Wir fuhren in der Stadt, das merkte ich am vielen Stoppen und Anfahren. Das konnten nur Ampeln oder Kreuzungen sein, an denen man halten musste. Und das gab es nur in der Stadt. Hier durfte man nur fünfzig Stundenkilometer fahren. Das wusste ich von Paps. Ich hatte ja oft genug neben ihm gesessen und den Tacho beobachtet.

Ich überlegte … Fünfzig Stundenkilometer?!! Hmm … Vielleicht fuhren sie auch schneller, schließlich hatten sie es eilig. Aber groß auffallen und von der Polizei wegen überhöhter Geschwindigkeit gestoppt oder von einer Radarfalle geblitzt zu werden, das konnten sie sich nicht erlauben. Gut, vielleicht fuhren sie mit sechzig Stundenkilometern. Paps fuhr auch oft so schnell, da wurde man normalerweise wohl nicht angehalten. Könnte passen.

Sechzig Stundenkilometer bedeutete: Sechzig Kilometer in einer Stunde. Wären die Gangster also mit diesem Tempo eine ganze Stunde unterwegs, hätten sie sechzig Kilometer zurückgelegt. Oder? Doch, klar. Deswegen heißt es ja Stundenkilometer.

Verdammt, ich musste mich beeilen und hatte keine Zeit, lange rumzuüberlegen. In meinem Kopf schwirrte es nämlich schon wieder wie in einem Bienenstock. Jetzt bloß nicht wieder das Panik-Karussell. Das konnte ich wirklich nicht gebrauchen. Ich versuchte, mich zu konzentrieren.

Also noch einmal: Wenn man mit sechzig Stundenkilometern unterwegs ist, braucht man sechzig Minuten, um sechzig Kilometer zu fahren, das war klar.

Und dann?

Wie? Das ist doch einfach! Wenn wir in sechzig Minuten sechzig Kilometer fahren, dann fahren wir in einer Minute einen Kilometer. Logisch.

Und für zwölf Kilometer brauchen wir dann zwölf Minuten.

War doch klar!

Zwölf Minuten?! Zwölf Minuten, drei Gegenstände, das bedeutete …Verdammt, ich sah wieder auf meine Uhr: Wir waren schon vier Minuten unterwegs. Zwölf geteilt durch drei ist vier. Alle VIER Minuten musste ein Gegenstand raus. Vier, acht, zwölf.

Nein Quatsch, dann fliegt der letzte Gegenstand am Ziel, nach zwölf Kilometern raus. Ich musste zwölf durch vier teilen. Alle drei Minuten musste einer raus. Drei, sechs, neun.

Mist, ich war schon zu spät dran. Jetzt musste es aber schnell gehen.

Ich tauschte das Taschentuch gegen eine Socke. Die roch stärker, die konnte Rocky vielleicht auf eine längere Distanz erschnüffeln. Ich schob die Socke sofort aus dem Kofferraumschlitz. Ich sah, wie sie auf der Straße liegen blieb. Zum Glück war gerade kein Fahrzeug hinter uns, das womöglich gehupt hätte. Und hoffentlich kommt jetzt keine Kehrmaschine.

Ich belle, so laut ich kann. Es nützt aber nichts. Ich komm hier nicht raus. Die haben mich eingesperrt.

Gut, immerhin hat die halbe Portion vom Nachbarkäfig den Schwanz eingezogen und sich verdrückt. Ist auch besser so. Ansonsten hat zwar immer wieder jemand hergesehen, doch anstatt mich herauszuholen, gab's bloß ein Kopfschütteln.

Gut, immerhin sind die jungen Spürhunde gleich losgezogen. Aber ob die den kleinen Chef schnell genug finden?

Nur das Mädchen ist kurz zu mir hergekommen. Sie ist auch die Einzige, die noch hier ist. Alle anderen sind weg.

Aber auch das Mädchen schiebt ihr Fahrrad jetzt Richtung Ausgang. Fährt sie jetzt los? Dann ist niemand mehr da, der mich freilassen könnte. Soll ich noch einmal bellen?

Ich probier's und klinge schon ganz heiser.

Das Mädchen bleibt stehen und dreht sich um.

Ich belle weiter.

Sie kommt und redet auf mich ein. Das versteh ich doch nicht!

»WAU, WAU!«

Jetzt geht sie zur Tür des Gebäudes. Sie wartet. Es kommt niemand raus.

Sie geht rein.

Ich belle, belle und belle. Sie soll zu mir kommen! Wir müssen uns beeilen und dem kleinen Chef helfen, das kann ich auch mit ihr. Ich bin mir nicht sicher, ob die jungen Spürhunde ihn schnell genug finden.

Das Mädchen kommt wieder auf den Hof und hat eine Leine in der Hand. Und einen Schlüssel.

Sie kommt tatsächlich zu mir, schließt auf und will mir die Leine anlegen! Nein, nicht schon wieder eine Leine, und dann darf ich nachher doch nicht mit. Ich weiche aus und flitze durch die offene Zwingertür. Ich bleibe stehen und mache »Sitz!«, damit sie sieht, dass ich auf sie warte. Ich bin doch ganz brav, aber das muss ohne Leine gehen, dann sind wir schneller. Und sie kann mich nicht mehr zurückhalten.

Sie kommt. Ich renne sofort los.

»Halt, Rocky, warte!«

Ich stoppe und schaue zurück. Belle.

Sie kommt mit dem Fahrrad angeradelt. Gut.

Ich renne weiter. Ich kenne den Weg zu dem Haus, wo sie uns eingesperrt haben, da muss ich nicht mehr groß rumschnüffeln, das geht ganz schnell.

Kommt sie hinterher?

Ja, sie kommt.

Es ist nicht mehr weit.

Aber ich rieche es schon im Hof: Es ist niemand mehr da.

9.

Ich hatte jetzt zwei Minuten Zeit, bis der nächste Gegenstand den Kofferraum verlassen musste. Ich versuchte, meine Schuhe anzuziehen. Sonst würden die Gangster nachher noch Verdacht schöpfen. Versuchte, wieder in die Klappmesserposition zu kommen. Ich probierte es aber nur kurz. Schon vor der Engstelle spürte ich den stechenden Schmerz in der Schulter. Nur, dass es dieses Mal noch viel schlimmer war. Da stimmte was nicht. Das Schuheanziehen konnte ich vergessen. Ich biss die Zähne zusammen, ich durfte auf keinen Fall den nächsten

Einsatz verpassen, der in zwei Minuten fällig war. Das war jetzt das Wichtigste.

Ich hatte die zweite Socke in der Hand und beobachtete die Uhr, als mir die Italienurlauber einfielen. War das nicht eine ähnliche Aufgabe? Nein, nicht ähnlich, das war sogar genau die gleiche Aufgabe! Ich wusste die Entfernung zum Mittelmeer, die Geschwindigkeit des Autos und sollte ausrechnen, wann sie ankamen. Mann, bin ich vielleicht doof gewesen! So einfach!

Und dann fiel mir noch was ein: Heute schrieben wir die letzte Mathearbeit. Gerade jetzt. Aber ohne mich.

Und dann kamen mir wieder die Tränen, weil ich an zu Hause denken musste.

»Wieso du kein Schuh an Fuß?«, schnauzte Plattnase Brutus, als wir nach genau zwölfeinhalb Minuten angehalten hatten und anschließend der Kofferraumdeckel aufgegangen war.

Ich begann sofort, die Schuhe anzuziehen. Versuchte es zumindest, konnte mich aber im ersten Moment nicht rühren, so steif war ich. Außerdem tat meine Schulter so weh, dass ich den linken Arm kaum bewegen konnte.

»Zwerg keine Schuhe an!«, rief Brutus dem Großen zu, der, ein paar Meter entfernt, bei laufendem Motor im Lieferwagen sitzen geblieben war.

Ich hatte es wenigstens geschafft, mich aufzurichten und hinzusetzen. So schnell ich konnte, schlüpfte ich in meine Schuhe und band die Schnürsenkel zu. Ich hatte aber ziemliche Mühe dabei, die Schulter brannte immer noch wie Feuer.

»Scheiß auf die Schuhe«, schrie der Große ungeduldig. »Schaff ihn weg!«, sagte er dann. »Aber schnell, bevor uns noch jemand sieht. Wir müssen den Kram loswerden, die warten schon auf uns.« Er sah ungeduldig auf seine Uhr.

Ich schaute mich kurz um. Wir waren am Fluss vor einem alten Holzschuppen.

»Hier hast du Klebeband«, rief der Große wieder. »Aber beeil dich!«

»Schaff ihn weg« hörte sich gar nicht gut an. Klebeband dagegen nicht so oberschlecht. Lieber gefesselt als tot.

Wie viel Zeit blieb mir? Mindestens so viel, bis die ihr Diebesgut loshatten und wieder zurück sein würden. Reichte das für Rocky, um Hilfe zu holen und mich zu finden?

»Arme auf Rücken!«, befahl Brutus, nachdem ihm der Große das Klebeband zugeworfen hatte.

Es war so ein graues Panzer-Tape, das kannte ich von Paps. Ich stand immer noch am Auto. Brutus trat hinter mich, überkreuzte meine Hände und drückte sie mit seinen Pranken zusammen. Ich spürte, wie er mehrere Lagen des Klebebands fest um meine Handgelenke wickelte.

»Los, mach schon!«, kommandierte der Große, der sich umsah, ob jemand in der Nähe war.

Da hatte er nichts zu befürchten, es war leider eine ziemlich verlassene Gegend. Es führte zwar ein schmales Sträßchen vorbei, das aber in beide Richtungen einsehbar war – und weit und breit kein Auto zu sehen. Auf der anderen Seite der Straße gab es nur Sträucher und ein paar Bäume.

Brutus klebte mir auch noch ein Stück Klebeband über den Mund und schob mich dann zum Schuppen.

»Wo Scheißschlüssel?«, murmelte er, während er über der Tür mit einer Hand auf der Oberseite eines abgesetzten Balkens tastete. Er musste sich mächtig strecken. Die Pistole im Hosenbund kam vor meiner Nase zum Vorschein. Plötzlich fiel etwas runter und knallte vor meinen Füßen auf den Boden. Ein Riesenteil von einem Schlüssel. Wenn der mir auf den Kopf gefallen wäre …

»Liegen auf Boden!«, hieß es zwei Minuten später, nachdem Brutus aufgeschlossen und mich in den dämmerigen Schuppen geschubst hatte.

Wieso soll ich mich auf den Boden legen? Mein Herz raste sofort los. Der wird doch nicht …

Zwei Minuten später lag ich allein auf dem harten Boden des Holzschuppens. Plattnase Brutus hatte mir auch noch die Füße mit dem Klebeband zusammengebunden. Wenn ich den Kopf anhob, konnte ich mich immerhin etwas umschauen. Ich befand mich in einem heruntergekommenen Bootshaus. Zwei alte Holzboote lagen übereinandergestapelt in der Ecke, und an der Wand hingen Seile und Paddel. Alles ziemlich verfault und löchrig. Und genauso roch es hier auch – modrig.

Ich renne sofort in den Raum, in den sie uns eingesperrt hatten. Leer!

Ich rieche zwar alles noch … den kleinen Chef, die Gangster, die Kisten … aber das sind alte Spuren. Sie führen nach draußen, wo die Autos gestanden haben. Alles weg! Und die Spur wird schnell schwächer.

Die Witterung geht zu der großen Straße da drüben. Immerhin eine grobe Richtung.

An der Stelle, wo sich die Spur langsam verflüchtigt, belle ich, bis das Mädchen angeradelt kommt.

Dann renne ich auf der großen Straße weiter. Ich rieche zwar nichts mehr, aber so habe ich es mit meinem

Polizei-Chef schon öfter gemacht: Richtung bestimmen und weitersuchen. Manchmal habe ich dann die Witterung wiederbekommen und die Spur weiterverfolgen können. Es kann klappen.

Wird aber schwierig auf dieser Straße mit den vielen Autos. Wir müssen an der Seite bleiben, an den Häusern entlang.

Halt, was ist das? Ich bleibe stehen und strecke die Nase in die Luft. Der kleine Chef. Uff, endlich, ich rieche den kleinen Chef wieder!

Kurz bellen, dann weiter der Spur nach.

Sie wird stärker. Ist das Mädchen hinter mir? Gut, sie kommt angeradelt.

Da liegt was auf der Straße. Das ist es.

Ich bleibe stehen und belle den Stoff an, der mitten auf der Fahrbahn liegt. Das muss vom kleinen Chef sein.

Das Mädchen hat es auch gesehen, sie schaut, ob ein Auto kommt, holt es schnell, hält es mir unter die Nase und steckt es ein. Das macht sie gut. Sie wäre kein schlechter Chef.

Ich rase sofort weiter. Selbe Straße, selbe Richtung.

Da ist wieder eine neue Spur!

Auch wenn ich schon ziemlich müde bin, wir müssen schnell weiter. Wir haben jetzt schon drei Mal etwas vom kleinen Chef gefunden.

Hätte ich gestern bloß gewartet und Evi gefragt, ob sie mit ins Tierheim will. Sie wäre bestimmt mitgegangen. Und hätte sich gefreut, mit Rocky und mir eine Runde zu drehen. Ich schwör's euch, wenn Evi dabei gewesen wäre, würde ich jetzt nicht hier liegen und auf die Rückkehr der Gangster und damit auf mein Schicksal warten. Evi hätte sich nicht ein zweites Mal zu den Gangstern ziehen lassen.

Verdammt, ich musste unbedingt rechtzeitig hier raus – aber wie bloß?

Ich lag auf dem Boden und konnte mich kaum … autsch! Ich hatte mich etwas gedreht, um mich weiter umzusehen, und sofort fuhr mir ein so stechender Schmerz in die Schulter, dass ich erst einmal tief durchatmen musste.

Ich hob den Kopf, soweit ich konnte, und suchte mit den Augen die nähere Umgebung ab. Nach etwas mit einer scharfen Kante, an der ich vielleicht die Handfesseln aufritzen konnte.

Die alten Boote in der Ecke? Ich versuchte hinzurobben.

Ich musste es schaffen. Wenn ich erst einmal die Hände frei hatte, wären die Füße kein Problem mehr. Anschließend würde ich es irgendwie hinkriegen, aus diesem morschen Holzschuppen rauszukommen. Und dann nichts wie weg. Aber dann fiel mir ein, dass der oberfiese Brutus nicht nur neue Leute beklauen, sondern vielleicht auch weitere Hunde vergiften würde. Verdammt. Ich dachte an Arco, der bestimmt starke Schmerzen hatte aushalten müssen.

Ob es eine Möglichkeit gab, was am Auto rumzutricksen, bevor ich weglief? Sodass die Gangster nicht mehr weit kamen und die Polizei sie einfach schnappen konnte? Hmm?!!

Mir kam da so etwas in den Kopf … Das könnte klappen und würde schnell gehen. Ich bräuchte nur einen größeren Stein. Ich wusste nämlich, dass sich unter der Benzinklappe der Tank befand. Und dass von diesem die Benzinleitung nach vorne zum Motor lief. Das hatte mir Paps vor ein paar Wochen gezeigt, nachdem er über einen zu hohen Bordstein gefahren war und dabei die Benzinleitung beschädigt hatte. Ein paar Kilometer waren wir noch gekommen, dann war der Tank leer. Das müsste doch hier auch zu schaffen sein – und das Gangster-Auto würde einfach stehen bleiben …

Mein Plan hatte bloß einen Haken: Zuerst musste ich hier raus.

In der Zwischenzeit hatte ich es geschafft, zu den alten Booten in der Ecke zu robben. War gar nicht einfach gewesen, ohne Hände und Füße richtig benutzen zu können und mit der schmerzenden Schulter. Ich hatte mich aber auf den Rücken gedreht, dann konnte ich die Knie etwas anstellen und mich mit den Schuhen vorwärtsschieben.

Aber hier sah es nicht danach aus, als gäbe es etwas, mit dem ich meine Handfesseln zerschneiden konnte.

Wie viel Zeit mir wohl noch blieb?

Uff, ich habe gedacht, ich bin gleich am Ziel. Die Spur des kleinen Chefs ist immer stärker geworden. Aber jetzt wird sie wieder schwächer? …

Ich renne ein paar Meter zurück.

»Rocky?« Das Mädchen hält an und steigt vom Fahrrad ab.

Das kann doch nicht sein. Hier habe ich doch gerade noch eine richtig gute Witterung gehabt? Jetzt riecht alles nach diesem Fluss da drüben.

Der Wind hat sich gedreht, deshalb. Uff, er kommt jetzt ganz stark von diesem Wasser und hat mir die gute Spur weggeblasen.

Ich muss von diesem Fluss weg … hinter die Häuser vielleicht, wo der Wind nicht mehr so stark ist. Da vorne ist ein Durchgang. Ich muss unbedingt die Witterung wiederfinden. Jetzt ist sie ganz weg. Ich muss mich beeilen. Wo bleibt das Mädchen? Ich muss warten.

Uff, jetzt hab ich sie wieder, die Spur wird wieder stärker. Es geht zum Fluss, wird aber immer intensiver. Das kann nicht mehr weit sein. Da vorne, das Holzhaus, das muss es sein. Gleich sind wir am Ziel.

Bellen?

Das ist es! Da ist der kleine Chef drin. Eindeutig! Wo sind die Gangster? Ich rieche sie zwar, aber sie sind nicht hier. Wenn die Gangster nicht da sind, kann ich bellen.

Wie kommt man da rein?

Einmal ums Haus flitzen und checken. Alles zu, alles dicht.

Ich bin wieder bei dem Mädchen. Sie sagt irgendwas zu mir. Es ist aber kein bekanntes Kommando dabei … doch jetzt, sie hat »Such« gesagt.

Wonach soll ich suchen? Ich weiß doch, dass er dadrin ist. Wir müssen bloß reinkommen.

Da vorne ist noch eine kleine Hütte angebaut mit aufgeschichtetem Holz daneben. Das ist zu schaffen. Über das Holz schaffe ich es. Nichts wie auf die kleine Hütte. Dann komme ich vielleicht an das kaputte Fenster da oben. Das geht. Da muss ich hin.

Was war das?

Ich musste kurz eingeschlafen sein. Aber da war etwas. Das klang wie ein Hundebellen. Kam aber nicht von der Tür. Rocky?

Jetzt war's wieder ruhig.

Es könnte auch einfach ein anderer Hund gewesen sein – oder bloß in meinem Traum? Ich wusste ja nicht mal, ob Rocky die Flucht geglückt war, und erst recht nicht, ob mein Trick funktioniert hatte und er mich hatte finden können.

Oh Gott!, schoss es mir plötzlich durch den Kopf, Ratten. Das sind bestimmt Ratten! Klar, in solchen alten Schuppen gibt es immer Ratten.

Ich schloss die Augen und versuchte, mich zu beruhigen. Schaffte es aber nicht, denn der Gedanke, dass ich hier, hilflos gefesselt, hungrigen Ratten ausgeliefert war, ließ sich nicht so einfach vertreiben.

Ich stellte mir gerade vor, wie … als ich plötzlich etwas Nasses und Raues an meiner Wange spürte. Was zum Teufel … war das … eine Ratte? Aber das fühlte sich doch an wie …

Ich riss die Augen auf und drehte mich auf den Rücken, um mehr erkennen zu können. Und sah eine riesige Zunge, die über mir auf und ab hechelte wie ein Jojo. Dahinter einen roten, sabbernden Rachen mit großen, spitzen Zähnen. Auch wenn es nicht so gut roch, war es alles andere als eklig, es war … ROCKY!

Dann hörte ich es auch schon: »Wau, wau, wau!«

Rockys Siegerbellen.

»Mhmmm, mhmmm …«, einen anderen Ton brachte ich durch das Klebeband auf meinem Mund nicht zustande.

»Rocky!«, hörte ich jetzt jemanden von draußen rufen.

Leise zwar und etwas piepsig, weil es eine Mädchenstimme war, aber ich erkannte die Stimme trotzdem direkt. Es war Evi! Ich kann euch sagen, ich war noch nie so froh gewesen, Evis Stimme zu hören.

Als sie gleich darauf noch einmal rief, freute ich mich aber nicht mehr ganz so.

»Rocky, komm!«, dröhnte es nämlich über den Hof.

Wieso rief Evi Rocky zurück, jetzt, wo er mich endlich gefunden hatte? Ich wollte nicht wieder allein im dämmerigen Schuppen zurückbleiben!

Rocky zögerte, nachdem Evi ihn gerufen hatte.

Er versuchte kurz, meine Handfessel mit seinen Zähnen wegzureißen, kam aber nicht richtig ran. Dann gehorchte er dem Kommando doch. Er flitzte in die Ecke, in der die Boote gestapelt waren, sprang auf das oberste, stellte sich auf die Hinterbeine, legte die Vorderpfoten auf den unteren Rand des kaputten

Fensters, zog sich hoch, und zack!, war er verschwunden.

Ob Evi klar war, dass ich hier drinnen festsaß? Ich musste mich bemerkbar machen!

»Mhmmm, mhmmm …« Es nützte alles nichts, mehr als ein paar undeutliche Töne bekam ich nicht heraus.

Fieberhaft blickte ich mich im halbdunklen Raum um. Es musste doch etwas geben, mit dem ich Krach schlagen konnte. Ich robbte wieder zu den Booten rüber, drehte mich auf den Rücken und schlug mit den Füßen dagegen, so gut es ging. Immerhin polterte es ein bisschen – aber war das laut genug, damit Evi es draußen hören konnte?

Dann rumpelte es wieder. Das kam von oben! Rocky kletterte wieder rein.

Was hatte er da zwischen den Zähnen? Ich traute meinen Augen nicht: ein Taschenmesser!

Hmm, wie kriegen wir das nur hin? Schließlich konnte Rocky weder das Messer aufklappen noch das Klebeband durchschneiden.

Wie viel Bewegungsfreiheit hatten meine festgezurrten Hände? Ich probierte es. Die Gangster hatten zwar meine Handgelenke aneinandergefesselt, die Hände ließen sich aber einigermaßen bewegen, die Finger sogar gut. Das könnte klappen. Ich drehte mich so auf die Seite, dass ich auf der gesunden Schulter lag und meine Hände auf dem Rücken zu Rocky zeigten. Der spielte mit und ließ das Taschenmesser fallen. Es streifte meine Hände. Ich rollte mich vorsichtig auf den Rücken und spürte das Messer unter meinen Fingern. Nachdem ich es mit Daumen und Zeigefinger zu fassen bekommen hatte, drehte ich mich wieder auf die Seite. Ich schaffte es, mit den Fingern der anderen Hand das Messer aufzuklappen. Ich wollte gerade vorsichtig zu säbeln beginnen, als … Mist, das Messer fiel mir aus der Hand. Wo ist es? Ich versuchte, mich wieder auf den Rücken zu drehen, sodass meine Finger den Boden berührten. Mit zitternden Fingern tastete ich, so gut es ging, den Boden ab. Nichts.

Ich wollte fast schon aufgeben … da spürte ich es – am Po, mit der Klinge nach oben. Ich rutschte etwas nach unten, nahm es mit den Fingern wieder auf, drehte mich zur Seite und spürte, dass die Schneide bereits das Klebeband an meinen Handgelenken berührte.

Ich schob die Klinge drunter und rieb sie hin und her. Das war zwar ein oberblödes Gefummel, ich konnte den Messergriff nur mit zwei, drei Fingern halten und musste aufpassen, dass ich mich nicht schnitt, aber auf einmal klirrte es, das Messer polterte auf den Boden, und meine Hände waren frei. Wahnsinn!

Ich schnitt auch die Fußfesseln durch – mit freien Händen ging das ratzfatz – und riss das Klebeband von meinem Mund. Kurz darauf stand ich – zwar steif und wackelig, aber immerhin überhaupt – wieder auf den Füßen.

»WAU, WAU, WAU!« Rocky bellte laut, als wolle er mich zur Eile antreiben. Ich wusste, dass er recht hatte – jeden Augenblick konnten die Gangster wieder auftauchen. Trotzdem, das musste sein: Ich ging in die Knie, schlang meine Arme um Rockys Hals und drückte ihn fest an mich. Selbst meine verletzte Schulter tat auf einmal gar nicht mehr so weh.

»Rocky!«, hörte ich von draußen Evis Stimme.

»Wir kommen!«, rief ich zurück, auch wenn ich noch nicht wusste, wie.

»Felix?!« Evi war schon vor der Eingangstür.

»Vielleicht liegt der Schlüssel auf dem Balken über der Tür«, schrie ich nach draußen.

»Warte mal«, rief Evi. »Da komme ich nicht ran!«

Mist! Klar, da kam sie nicht ran.

»Ich finde nichts zum Draufklettern.«

Ich wusste, wie's da draußen aussah, da war nichts …

»Da lehnt ein altes Boot! Ich versuche, es herzuziehen«, rief Evi.

Sie hatte recht, ich erinnerte mich. Dann hörte ich auch schon, dass sich Evi an dem alten Boot zu schaffen machte. Hoffentlich reichte die Zeit …

Die Geräusche draußen näherten sich jetzt der Tür.

Dann krachte es plötzlich! Ich hörte, wie Holz zersplitterte.

»Mist, alles morsch, ich bin eingebrochen«, fluchte Evi. »Ich probier's noch einmal an einer anderen Stelle.«

»Pass auf, dass dir der Schlüssel nicht auf den …«

Klonk.

Ein kurzer, erschrockener Schrei.

»Das hättest du mir früher sagen können«, schimpfte Evi. »Das Teil wär mir fast auf den Kopf gefallen.«

»Beeil dich lieber!«, unterbrach ich sie. »Wir haben nicht viel Zeit.«

Dann hörte ich, wie Evi das Boot zur Seite zog.

Kurz darauf ging die Tür knarrend auf. Ich war so froh, ich wäre Evi am liebsten um den Hals gefallen … jetzt echt, aber Evi plapperte sofort los wie ein Maschinengewehr: »Was ist denn passiert? Ich bin gleich nach der Mathearbeit ins Tierheim geradelt. Bist du …«

Ich fiel ihr ins Wort: »Später! Wir müssen uns beeilen.« Ich knallte die Tür wieder zu und schloss sie ab. Den Schlüssel ließ ich stecken.

Nichts wie weg jetzt. Aber wohin? Ich schaute mich um … dann zog ich Evi am Arm: »Schnell, da rüber, in die Büsche!« Zum Glück hatte ich die Straße im

Blick gehabt und rechtzeitig ein rotes Auto kommen sehen, das mir verdächtig bekannt vorkam. Es war zwar noch immer ziemlich weit weg, aber es könnte das Gangsterauto sein.

»Was ist denn los?«

Es blieb keine Zeit, es Evi zu erklären, ich zog sie über die Straße und zeigte nur mit dem Finger in die Richtung, wo das Auto gerade hinter einer Kuppe verschwand.

»Wir müssen uns verstecken, schnell jetzt. Los, Rocky, komm!«

Im Gegensatz zu Evi checkte es Rocky sofort und hatte sich noch vor uns in den Büschen versteckt.

Es waren tatsächlich die Gangster, die da angefahren kamen. Eine Minute später waren sie da. Sie parkten, kaum zehn Meter von uns entfernt, auf der anderen Straßenseite vor dem Bootshaus. Hatten sie uns gesehen?

Der Große stieg zuerst aus und schaute sich um. Mein Puls raste los, als er zufällig in unsere Richtung sah.

Evi schien auch aufgeregt zu sein, sie klammerte sich an meinen Arm. Nur Rocky saß seelenruhig hinter einem Busch und schnaufte ausnahmsweise mal leise.

Als Brutus auf der Bildfläche erschien, merkte ich,

wie Evis Griff an meinem Arm noch fester wurde. Zum Glück saß sie rechts von mir und klammerte sich nicht an meine verletzte Schulter.

»Wir müssen sofort verschwinden!«, flüsterte sie mir ins Ohr.

Ich legte nur den Zeigefinger an die Lippen und beobachtete, wie sich die Gangster dem Bootsschuppen näherten. Brutus' Jacke rutschte nach oben, sodass der Knauf seiner Pistole kurz zu sehen war.

Evi muss es auch gesehen haben, sie zog wieder an meinem Arm und flüsterte so etwas Ähnliches wie »Schnell weg!«.

»Warte kurz«, flüsterte ich zurück. Denn ich hatte doch einen Plan …

Ich blickte mich um. Dann entdeckte ich zwei Meter neben mir einen faustgroßen Stein mit scharfen Kanten. Er war ideal.

Das Auto stand jetzt genau zwischen mir und den Gangstern, die gerade die Tür zum Bootshaus öffneten. Noch ein Glückstreffer: Die Benzinklappe des Tanks war auf meiner Seite. Ich schnappte mir also den Stein, schlich zum Auto und kauerte mich auf den Boden. Die blöde Schulter schmerzte schon wieder, ich musste die Zähne fest zusammenbeißen. Aber die Benzinleitung entdeckte ich auf den ersten Blick. Sie verlief ganz ähnlich wie bei Paps' Auto.

Auf der anderen Seite des Autos konnte ich die Füße der Gangster sehen.

»Hast du den Schlüssel stecken lassen?«, hörte ich den Großen sagen.

Ich wartete, bis sie im Bootshaus waren, dann schlug ich zweimal, so fest ich konnte, mit dem Stein genau an die Stelle, wo die Benzinleitung am Tank befestigt war. Schon lief mir Benzin über die Finger. Puh, das stank. Aber es hatte geklappt! Weit würden die Gangster mit diesem Auto nicht mehr kommen.

Wir hielten den Atem an. Wenn sie Verdacht schöpften, mich gesehen hatten, waren wir verloren.

»Wir müssen sofort verschwinden«, rief der Große Brutus zu, der in unsere Richtung rannte und schon fast an der Straße war.

»Ich Krach gehört.«

»Los, komm«, schnauzte der Große energisch. Er war schon am Auto. »Jeden Moment können die Bullen aufkreuzen!«

Brutus schaute noch einmal in alle Richtungen, machte dann aber kehrt.

Der Große saß bereits am Steuer und startete den Motor, ich wollte schon aufatmen, als Brutus an der offenen Beifahrertür sagte: »Hier stinken Benzin!«

Oh Gott, wenn sie jetzt bloß nicht auf die Idee kamen, sich das Auto genauer anzuschauen!

»Komm endlich rein!«, schrie der Große, und fünf Sekunden später schoss das Auto mit quietschenden Reifen an uns vorbei – und hinterließ eine deutliche Benzinspur auf dem Asphalt.

Evi schaute mich immer noch erschrocken an und brachte keinen Ton heraus. Als das Adrenalin langsam nachließ, merkte ich plötzlich wieder, wie kaputt und müde ich war. Mir tat die Schulter weh, ich war total nass geschwitzt, stank nach Benzin und hatte Hunger.

Uff, stinkt das hier nach Benzin. Die Gangster sind zwar weg, aber die ziehen eine Spur hinter sich her, das ist ja kaum auszuhalten. Macht die Nase total dicht. Trotzdem müssen wir doch hinterher.

Der kleine Chef will aber nicht. Das Mädchen auch nicht. Die haben Angst und sind bestimmt müde.

Ich bin auch müde. Wenn die nicht wollen, leg ich mich jetzt einfach mal hin und ruhe mich aus. Mein Rücken tut weh, und ich brauche bald was zu fress…

Was war das? Hinter mir. Ich hab doch was gehört!

Das riecht nach Hase. Uff, ein Hase … Nein, das gibt Ärger. Das ist ein Einsatz. Habe ich einen Hunger. Ich darf gar nicht dran denken, was ich von meinem alten

Polizei-Chef für ein Essen als Belohnung bekommen hätte. Nach so einem Einsatz … Fleisch, Knochen … Eis … Mir läuft das Wasser im Maul zusammen.

Wie kommen wir hier überhaupt nach Hause? Den ganzen Weg wieder zurück? Und dann? Von wem kriege ich mein Fressen?

Moment, ich rieche doch schon wieder was …Kein Hase … Uff, wie soll man das genau ausschnüffeln bei dem Benzingestank?

Aber das ist doch … Jetzt riech ich's genau, die jungen Spürhunde sind in der Nähe!

»WAU, WAU, WAU!«

»Rocky hat etwas gewittert!«, sagte ich zu Evi, der ich anmerkte, dass sie wegwollte. »Das sind nicht die Gangster, sonst würde er sich nicht so fröhlich anhören.«

»Wie kommen wir eigentlich nach Hause?«, fragte Evi, die sich endlich etwas beruhigt hatte. Ihre Stimme klang aber noch ziemlich dünn. »Mein Handy hängt jedenfalls bei Frank an der Steckdose.«

»Ist jetzt auch wurscht, dann laufen wir halt«, antwortete ich.

»Dafür hatte ich aber ein Taschenmesser dabei. Das

steck ich immer ein, wenn ich ins Tierheim gehe«, meinte Evi. »Ganz schön oberschlau, oder?« Sie grinste schon wieder ziemlich frech. Ich hatte gar nicht gewusst, dass sie ihren Spitznamen kannte.

Ich wollte gerade sagen, dass ich das superspitzenmäßig und nicht blöd-oberschlau von ihr fand, als Rocky plötzlich richtig laut losbellte. Er lief ein paar Meter vor und blieb dann wieder stehen.

»Rocky, komm zurück!« Ich sprang auf. Nicht, dass er noch von einem Auto überfahren würde.

Dann sahen und hörten wir auch schon den Grund für seine Aufregung: Zwei Polizisten mit zwei Spürhunden an der Leine kamen angelaufen.

Evi riss sofort die Hände hoch, fuchtelte herum und rief: »Hier sind wir!«

Ich sah zwar die Polizisten mit ihren Hunden auf uns zueilen, registrierte auch irgendwie, dass wir gerettet waren, konnte mich aber noch nicht so richtig freuen. Zu sehr beschäftigten mich die Bilder der letzten zwei Tage, die das Gedankenkarussell in meinem Kopf produzierte, das schon wieder Fahrt aufnahm. Auf einmal wurde mir richtig kalt, und ich begann zu zittern.

»WAU, WAU, WAU!«

Erst als Rocky mich direkt anbellte, zuerst einfach nur laut, gefolgt von einem Siegerbellen, kapierte ich, dass wir gerettet waren.

Evi redete bereits mit einem der Polizisten. Der andere sprach in sein Funkgerät. Und Rocky hatte wie eine Eins neben mir »Sitz« gemacht.

Dann musste ich es noch einmal tun. Ich ging auf die Knie, schlang meine Hände um Rockys Hals, drückte ihn und flüsterte ihm ins Ohr: »Rocky, wir haben es geschafft!«

Dann dauerte es bloß noch wenige Minuten, bis es um uns herum nur so von Blaulichtern wimmelte. Unzählige Polizisten in Uniform, aber auch schwarz vermummte und bis auf die Zähne bewaffnete: Kripo, Sondereinsatzkommando … das volle Programm.

Als wir erzählten, wie die Gangster geflüchtet waren, nahm die Hälfte der Einsatzfahrzeuge die Verfolgung auf. Sie hatten es leicht, sie brauchten nur der Benzinspur zu folgen. Ich hatte unter dem Auto so schnell nasse Benzinhände bekommen, dass ich mir sicher war, dass Brutus und der Große nicht weit kommen würden.

Selbst, wenn der Tank voll gewesen war – auf einem Kilometer liefen bestimmt drei bis vier Liter Benzin aus der Tankleitung. Wenn der Tank vierzig Liter fasste, kämen sie gerade mal zehn Kilometer weit, dann dürfte Schluss sein.

Es war vorbei. So langsam sickerte die Erkenntnis in meinen Kopf und in meinen Körper. Ich wollte Evi fragen, weshalb sie eigentlich mit Rocky aufgekreuzt war und nicht die Polizei, aber als ich zu ihr rübergehen wollte, schauderte es mich wieder am ganzen Körper.

Kurze Zeit später hatte ich eine Decke um die Schulter, und man führte mich zu dem Krankenwagen, der auch gekommen war.

»Das war vielleicht etwas viel in den letzten Stunden. Und deine Schulter ist vermutlich ausgekugelt«, sagte der Notarzt, nachdem er mich kurz untersucht hatte. »Das kriegen wir aber wieder hin, junger Mann. Keine Sorge!«

Als Rocky sah, wie ich auf einer Liege in den Krankenwagen geschoben wurde, machte er einen Satz und war noch vor mir drin.

Die Sanitäter schauten zuerst sich an, dann den Notarzt. Der zuckte nur mit den Schultern und sagte zu den beiden Polizisten von der Hundestaffel: »Das ist normalerweise nicht erlaubt.«

»Rocky, komm sofort da raus!«, rief einer der Hundeführer.

Rocky saß neben meiner Trage im Krankenwagen und drehte seinen Kopf erst zu mir und dann zu dem Polizisten. Er blieb aber sitzen.

»ROCKY!!!« Der Polizist wurde lauter.

»Der ist nicht mehr im Dienst, mein Lieber«, mischte sich sein Kollege ein. »Ich schätze mal, der wird tun, was der Junge sagt. Oder was er will. Wir kennen ihn ja, er war immer schon ziemlich eigensinnig.«

»Meinetwegen«, entgegnete der Notarzt schließlich. »Ist ja nicht weit zum Krankenhaus.« Dann wandte er sich an die Sanitäter: »Wir haben hier ein traumatisiertes Entführungsopfer. Wenn es für den Patienten gut ist …«. Er zwinkerte der Krankenwagenbesatzung zu.

Ich verstand zwar nicht genau, was der Arzt damit meinte, aber Hauptsache, Rocky blieb bei mir.

»Wau, wau, wau!«, kläffte Rocky, als wir losfuhren.

»Wau, wau, wau!«, bellte ich zurück.

10.

Es hatte noch einmal ordentlich wehgetan, als sie mir im Krankenhaus die Schulter wieder einrenkten. Und die Spritze, die sie mir reinjagten, hatte eine verdammt lange Nadel. Aber jetzt hing mein Arm in einer Schlinge, und es ging mir eigentlich ganz gut.

»Wir behalten dich noch ein, zwei Tage hier«, sagte der Arzt, während ich in ein Krankenzimmer geschoben wurde. »Keine Angst, nur zur Kontrolle. Außerdem bist du gerade unser berühmtester Patient. Da möchten wir dich schon noch etwas behalten.« Er grinste. »Sogar das Fernsehen hat angefragt. Aber keine Sorge, außer deinen Eltern und der Polizei, die sicher noch ein paar Fragen hat, bekommt dich vorerst niemand zu sehen.«

Ich nickte, war aber noch ziemlich benommen.

»Deine Eltern sind jetzt übrigens da, sie warten schon auf dich«, schloss er seine kleine Ansprache.

»Felix!« Mama weinte, als sie mich sah.

Paps war kurz davor, und Anna hüpfte vor Freude und wollte mir sogar ihre Lieblingspuppe schenken, deren Kopf immer noch leicht verbeult war.

Mir kamen auch die Tränen, nachdem mich alle umarmt hatten. Ich musste alles haarklein erzählen. Immer wieder unterbrochen von Mamas Heul- und Umarmungsanfällen.

Bis es an der Tür klopfte und eine Krankenschwester den Kopf ins Zimmer streckte. »Felix, die Polizei ist da«, sagte sie. »Sie würden gern mit dir sprechen. Aber vorher musst du noch zu unserem Psychologen, der herausfinden will, ob du vernehmungsfähig bist.«

Hatte sie vernehmungsfähig gesagt? Das Wort kannte ich aus den Fernsehkrimis. Wahnsinn! Im Nachhinein betrachtet, hörte sich alles wie eine total spannende Geschichte an. Wenn ich jedoch an Brutus' brutales Gesicht dachte, und daran musste ich oft denken, wurde es mir immer noch ganz anders.

Einer der Polizeihundeführer hat mich an der Leine. Aber ich will zum kleinen Chef! Ich belle. Es ist mir nämlich ganz egal, dass in diesem Haus alle leise reden, dass es hier unerträglich komisch riecht und die Menschen in ihren Betten oder auf Stühlen durch die Gänge gefahren werden. Ich will bloß zum kleinen Chef.

Aber bevor ich richtig losbellen kann, um mich zu beschweren, rieche ich auf einmal etwas anderes, etwas Bekanntes, und dann sehe und höre ich ihn.

»Rocky!«

Mein alter Polizei-Chef! Wo kommt der denn auf einmal her?

Jetzt krault er mich auch noch wie blöd. Schon wieder! Das mag ich nicht. Es ist noch nie was Gutes passiert, wenn er so übertreibt. Er geht sogar auf die Knie, das macht er sonst nie. Was soll denn das? Jetzt ist mein alter Polizei-Chef da, und mein kleiner Chef ist auch nicht weit weg. Wer ist denn jetzt mein richtiger Chef? Da soll sich noch einer auskennen!

Die Polizisten können gehen, ich bleibe beim kleinen Chef. Vielleicht braucht er mich? Aber jetzt übernimmt mein alter Polizei-Chef die Leine und will mit mir weggehen. Ich belle. Ich will hier nicht weg. Hier ist der kleine Chef, ich will bleiben.

Es kommt kein »Komm, Rocky!«, keine klare Ansage und auch kein richtiger Zug an der Leine. Nichts. Mein alter Polizei-Chef beugt sich runter und spricht zu mir. Diesen Ton kenne ich nicht von ihm.

Dann sagt er doch: »Komm, Rocky!« Aber nicht so wie sonst, sondern leiser.

»Grünes Licht«, hatte der Psychologe am Schluss gesagt.

Grüner hätte das Licht gar nicht sein können, als ich nach einer Stunde zurückkam. Der war voll zufrieden mit mir. Keine Ahnung, was der eigentlich von mir gewollt hatte. Zumindest hatte er viel gefragt, einige Tests gemacht und mir mindestens drei Mal erklärt, was ich für ein tapferer Junge war. Was mir gar nicht so recht war, weil nämlich Rocky der viel tapferere Junge war. Hoffentlich ging es ihm gut. Ob er zu seinem alten Herrchen zurückkam, trotz seiner versemmelten Prüfung?

Ich wollte ihn jedenfalls unbedingt so schnell wie möglich wiedersehen, auch, wenn er jetzt vielleicht wieder bei seinem alten Polizei-Herrchen war.

Die Polizisten, mit denen ich gesprochen hatte, waren wirklich supernett gewesen. Sogar die Kriminalpolizei war dabei. Kennt ihr bestimmt, die haben keine Uniformen, aber einen fetten Revolver unter der Jacke. Den zeigten sie mir extra. Und sie bedankten sich bei mir! Auch einige Fragen haben sie gestellt, aber eigentlich wussten sie eh schon über alles Bescheid.

Brutus und sein Gangsterkollege waren Teil einer gefährlichen Räuberbande gewesen, gegen die die Polizei schon seit längerer Zeit ermittelte. Jetzt hatten sie die endlich schnappen können. Dazu hätten auch meine schlauen Pläne beigetragen, sagten sie. Trotzdem schimpften sie auch ein bisschen: Vor allem die Aktion mit dem Auto hätte natürlich auch nach hinten losgehen können, und die oberste Polizeiregel, meinten sie, war, dass man sich nie, nie, nie selbst in Gefahr brachte. Dann konnte man nämlich auch keinem anderen mehr helfen. Das klang ziemlich schlau, fand ich, das hätte fast von Evi kommen können.

Rocky war aber tatsächlich darauf trainiert, schnelle Haken zu schlagen, wenn auf ihn geschossen wird. Das wäre ganz schwierig, ihn in solchen Situationen zu treffen. Wenn ich das früher gewusst hätte! Ich hätte mir nicht so viele Sorgen machen müssen.

Sie fanden es auch super, dass ich ausgerechnet hatte, wann ich die Gegenstände aus dem Auto werfen musste – hätte ich das einfach nur so gemacht, wäre es für Rocky vielleicht zu schwierig geworden, mich zu finden, meinten sie. Sogar meine Berechnungen zum Spritverlust der Gangster hatten ganz gut gestimmt. Die Polizisten brauchten nur der Benzinspur zu folgen und konnten sie nach elf Kilometern einsammeln. Ein Glück, dass ich so ein guter Rechner war, sagte der Beamte, den ich besonders nett fand, ein junger mit einem Schnurrbart.

Das müsste er mal Herrn Teufel erzählen. Und der würde dann der Polizei erklären, dass der »gute Rechner« nicht versetzt würde ... Und zwar wegen Mathematik.

Ich hätte heulen können, wenn ich daran dachte. Vor allem, weil ich es jetzt wirklich geschnallt hatte. Die Italienurlauber waren überhaupt kein Problem mehr! Auch, wenn in der Mathearbeit vielleicht andere Urlauber mit einem anderen Ziel vorgekommen wären. Meinetwegen auch mit einem schnelleren Auto. Das hätte ich alles locker ausgerechnet. Vielleicht hätte ich eine Eins geschrieben. Oder eine Zwei. Die hätte bestimmt auch gereicht. Es wäre mir auch egal gewesen, ob Evi ihr Heft vor mir bekommen hätte. Alles kein Problem, wenn ich nur Rocky nach Hause holen könnte.

Ich fing schon wieder an zu zittern.

Das durfte aber keiner merken, sonst würden sie ihren berühmten Patienten garantiert doch noch länger dabehalten.

Nach einer Nacht im Krankenhaus durfte ich am nächsten Tag nach Hause.

Ich saß in meinem Zimmer, die linke Hand lag noch immer in einer Schlinge, und in der rechten hatte ich den Teufel-Brief.

Morgen würde ich wieder zur Schule gehen, aber vorher musste der Brief unbemerkt zurück in den Briefkasten. Dann hatte die Post ihn halt verbummelt. Aber alles hatte dann wieder seine Ordnung. Zumindest, was den Brief anbetraf. Und wenn ich morgen heimkam, würde er bei Mama auf dem Tisch liegen.

Dieses Mal geöffnet.

»Guten Morgen, Felix!«, sagte Herr Teufel am nächsten Tag vor der ganzen Klasse und grinste. Dann erst begrüßte er den Rest.

Ich kannte dieses Grinsen, dem Kerl war nicht zu trauen. Dabei hatte ich eigentlich nichts zu befürchten. Denn das, was der Teufel in den Händen hielt, die Mathearbeit von vorgestern, betraf mich nicht. Ich hatte ja nicht mitgeschrieben. Leider.

Trotzdem spielte der Teufel wieder sein Lieblingsspielchen: Er ging vor der Tafel auf und ab wie jedes Mal und schaute auf die Hefte.

Doch anstatt sie auszugeben wie sonst, deutete er auf die Zeitung, die auf seinem Pult lag: »Während der

Rest der Klasse über der Mathearbeit geschwitzt hat, vollbrachte unser Felix eine mathematische Glanzleistung, die zur Verhaftung einer Einbrecherbande geführt hat … so steht es zumindest heute Morgen in der Zeitung. Schwarz auf weiß!«

Was sollte dieses blöde Geschwätz? Ich wollte ganz bestimmt nicht vor der ganzen Klasse als Held gefeiert werden. Und so, wie der Teufel das sagte, hörte es sich auch irgendwie komisch an … Jedenfalls hatte ich kein gutes Gefühl.

Die anderen aus der Klasse hatten mir vor dem Unterricht schon ausführlich gratuliert. Evi und ich mussten alles haarklein erzählen. Aber Teufels Stimme hörte sich jetzt anders an. Nicht so, als wollte er mir eigentlich gratulieren.

Das tat er dann auch wirklich nicht. Er schaute wieder auf die Hefte. Es war jetzt mucksmäuschenstill in der Klasse. Als würde jeder die Luft anhalten. Sogar Evi, die bereits startklar gewesen war, ihr Heft abzuholen, rutschte wieder auf ihren Stuhl zurück und schaute fragend zu mir rüber.

Was wollte der Teufel? Ich hatte keine Ahnung, blieb erst mal sitzen und wartete ab.

»Mit seinen Mathematik-Glanzleistungen hier in der Klasse scheint unser Felix sparsam umzugehen. Uns hat er sie jedenfalls bisher vorenthalten«, machte der Teufel jetzt weiter. »Zumindest hier.« Er deutete auf den Stapel Hefte in seinen Händen. Das hörte sich jetzt irgendwie alles ziemlich fies an. »Vielleicht sollten wir Felix die nächste Mathearbeit im Kofferraum meines Autos schreiben lassen?«, schlug Herr Teufel vor, und die ganze Klasse kicherte.

Fast die ganze. Ich kicherte nicht. Evi auch nicht.

»Blödmann«, flüsterte sie mir zu und deutete mit dem Kopf auf Herrn Teufel.

»Ich würde sagen, wir geben unserem Mathematik-Genie eine Gelegenheit, seine Kunst auch hier bei uns unter Beweis zu stellen«, sagte der Teufel und zeigte auf die Tafel.

Was, wie … an der Tafel? Mein Herz hämmerte los. Vor der ganzen Klasse? Jetzt? Das kann nicht sein Ernst sein. Mir wurde schon wieder ganz schummrig, und vom Ohnmächtigwerden hatte ich fürs Erste wirklich genug.

»Los, Felix, komm nach vorn!«, befahl der Teufel und legte die Hefte auf seinen Tisch zurück.

Da hätte er auch noch ein, zwei Tage warten und mir vorher Bescheid geben können, dachte ich, als ich nach vorne schlurfte.

Evi hielt ihre Hände hoch, ihre Daumen waren fest gedrückt. Meine Knie dagegen waren alles andere als fest.

Herr Teufel gab mir eine Kreide in die rechte Hand, mein linker Arm steckte immer noch in der Schlinge. Mist, dass es nicht der rechte war!

»Hmmm … Was haben wir denn da?«, sagte er und blätterte in einem dünnen Büchlein, das er mittlerweile von seinem Tisch genommen hatte. »Die Aufgaben von vorgestern können wir nicht mehr nehmen, die könnten sich ja rumgesprochen haben.«

Im Klassenraum wurde es ganz leise. Ich schaute zur Klasse, während Herr Teufel weiter in seinem Büchlein blätterte.

Ein paar grinsten.

Evi machte ein ernstes Gesicht, lächelte aber trotzdem kurz und nickte mir zu.

»Hmmm … ich weiß ja nicht, was das für komplizierte Winkelzüge waren, die zur Verhaftung der Verbrecher geführt haben …«, sagte Herr Teufel. »In der Zeitung stand nichts Genaues. Aber wie wär's damit, hier haben wir was!«

Dann las er vor: »Der Pilot eines Propeller-Flugzeugs fliegt mit 300 Stundenkilometern über ein Katastrophengebiet, das sich über eine Länge von 100 Kilometern erstreckt. Er hat vier Ballen Hilfsgüter an Bord, die er gleichmäßig verteilt über dem Krisengebiet abwerfen soll. Außer seiner Armbanduhr stehen dem Piloten keine weiteren Instrumente zur Verfügung. Wann und in welchem Abstand muss er seine Ballen abwerfen, damit die Bevölkerung bestmöglich versorgt werden kann?«

Wie? Was? Ein Flugzeug … Katastrophe … vier Ballen Hilfsgüter …?

Im Moment gab es hier nur ein Katastrophengebiet, und das war in meinem Kopf. Da schwirrte es wie in einem Wespennest.

»Auweia!«, hörte ich jemanden aus der Klasse sagen. Könnte Evi gewesen sein.

Ich war nicht in der Lage, auch nur einen einzigen klaren Gedanken zu fassen. Warum konnte mich der Teufel nicht einfach in Ruhe lassen? Es würde schlimm genug werden heimzukommen, wo Mama mich mit dem Brief in der Hand empfing. Warum konnte ich nicht bei Rocky sein?

»Felix?«, fragte Herr Teufel. »Hast du die Aufgabe verstanden?«

»Äh … ja, ich glaub schon.«

Rocky?! Aber klar!

Das war die Lösung. Ich stellte mir vor, Rocky müsste ins Katastrophengebiet und die Ballen mit den Hilfsgütern ausschnüffeln. Dazu müssten sie gleichmäßig verteilt sein. Das war doch die gleiche Rechnung wie im Kofferraum! Die Geschwindigkeit und die Strecke waren bekannt, jetzt ging es darum, Gegenstände gleichmäßig zu verteilen. Ich hatte Socken und Taschentuch abgeworfen, und der Pilot musste Hilfsgüter abwerfen.

Herr Teufel hatte schon das »S« für »Setzen, Sechs« auf den Lippen, da begann ich.

»Aaaalsoooo …«, sagte ich langsam und legte mir schon mal die Kreide in der Hand zurecht. Dann fing ich an: »Würde der Pilot sechshundert Kilometer in einer Stunde fliegen, also doppelt so schnell, würde er in einer Minute sechshundert durch sechzig, also zehn Kilometer zurücklegen. Und für die hundert Kilometer würde er dann zehn Minuten brauchen. Er fliegt aber nur halb so schnell, also braucht er für die hundert Kilometer doppelt so lang, also zwanzig Minuten. Und wenn er vier Mal Hilfsgüter abwerfen muss, macht er das, zwanzig durch vier, nein, zwanzig durch fünf: alle vier Minuten! Also nach vier, acht, zwölf und nach sechzehn Minuten.«

Herr Teufel war sprachlos, brachte den Mund nicht mehr zu und starrte auf die Zahlen, die ich an die Tafel geschrieben hatte.

Er grinste plötzlich nicht mehr.

Es grinste nur noch eine, und das war Evi, die es nicht mehr aushielt, aufstand und sogar in die Hände klatschte. Da wusste ich, dass ich richtig gerechnet hatte.

Herr Teufel trat von einem Bein aufs andere und kratzte sich am Hinterkopf.

Evi wollte gerade aufhören mit Klatschen, als plötzlich jemand anders damit anfing.

Kurze Zeit später klatschte die ganze Klasse. Und nicht nur das, sie trampelten mit den Füßen auf dem Boden und machten einen Wahnsinnskrach … Bis die Tür aufging und der Rektor reinkam.

Da wurde es schlagartig still.

»Was ist denn hier los?«, fragte der Rektor.

Herr Teufel war noch immer total verdattert und wusste offenbar nicht, was er sagen sollte.

Alle Köpfe drehten sich zu Evi, die ihre Hand gehoben hatte und losplapperte: »Felix hat gerade eine schwere Aufgabe an der Tafel total richtig gerechnet«, erklärte sie. »Er konnte die Klassenarbeit diese Woche ja nicht mitschreiben.«

Ich stand noch immer an der Tafel und hielt die Kreide in der Hand.

»Verstehe.«

Der Rektor lächelte. »Unser Held wird heute mündlich geprüft, nachdem er vor ein paar Tagen noch Verbrecher gejagt hat. Ich hab's in der Zeitung gelesen. Gratuliere, Felix!«

Der Rektor war schon wieder auf dem Weg zur Tür hinaus, blieb dann aber noch kurz stehen und sagte:

»Dann steht ja der Versetzung sicher nichts mehr im Wege, Herr Teufel?!«

»Äh, ja … klar …«, stotterte Herr Teufel.

»Gut«, sagte der Rektor, bevor er verschwand. »Kommen Sie nach der Stunde kurz bei mir vorbei.«

Was hatte der Teufel gesagt? Die Kreide fiel mir aus der Hand. In meinem Kopf ging es wieder einmal zu wie auf einer Achterbahn. Aber diesmal war es eine fröhliche Achterbahn. Und Evi grinste bis über beide Ohren.

Dann hatte ich es endlich geschnallt und musste auch grinsen. Das bedeutete nämlich … ich konnte es immer noch nicht glauben: ROCKY!

Ich habe alles ausgecheckt und überall rumgeschnuppert. Alles wie früher. Das riecht wie immer. Und die Koffer sind auch weg.

Ist der Polizei-Chef wieder mein Chef? Nimmt er mich wieder mit zum Dienst? Aber was ist dann mit dem kleinen Chef?

Ich liege im Flur und weiß immer noch nicht so richtig, was los ist, als es an der Haustür klingelt. Ich renne gleich hin und belle.

Das mach ich immer, wenn's läutet.

»Ruhig, Rocky! Komm her!«

Doch dieses Mal bin ich nicht ruhig und komme auch nicht her. Ich habe nämlich was gerochen!

Ich belle weiter, wedle mit dem Schwanz und bleibe an der Tür. Ich weiß, wer da draußen steht. Es sind zwei!

Der Polizei-Chef kann kaum die Tür aufmachen, weil ich es nicht erwarten kann und keinen klitzekleinen Moment zur Seite gehen mag.

Es ist der kleine Chef. Und das Mädchen ist auch dabei.

Ich springe sofort am kleinen Chef hoch. Ich muss genau wissen, wie er riecht. Er fällt fast um und muss einen Schritt nach hinten machen. Aber dann krault er mich und drückt mich, so fest er kann.

Jetzt redet er mit dem Polizei-Chef.

Dann gehen wir raus. Endlich.

»Sitz, Rocky!«, sagt der Polizei-Chef.

Ich mache neben dem Polizei-Chef »Sitz«. Der kleine Chef läuft davon.

Was gibt das? Wieso läuft er wieder weg? Ich bin kurz davor, ihm hinterherzurennen.

Das Mädchen bleibt aber hier und schaut nur zu. Jetzt bleibt der kleine Chef stehen, dreht sich um und ruft: »Komm, Rocky!«

Ich weiß zwar immer noch nicht, was das hier gibt, aber ich flitze sofort zum kleinen Chef, der jetzt »Sitz!« kommandiert.

Dann verstehe ich, was los ist. Ich höre es an der Stimme des kleinen Chefs. Das ist nicht seine normale Stimme, er versucht, den Ton des Polizei-Chefs nachzumachen. Das ist bestimmt ein Test, ob der Junge mein Chef sein darf.

Ich mache sofort »Sitz« neben dem kleinen Chef und rühre mich nicht von der Stelle. Kein Bellen, kein Hochschauen, kein Garnix.

Dann kommen noch ein paar andere Tests für den kleinen Chef. Ich folge ihm aufs Wort und führe alle Kommandos schnellstens und blitzsauber aus. Es soll alles gut aussehen!

Dann gehen wir wieder zurück zum Haus. Der Polizei-Chef holt meine Leine und hält sie dem kleinen Chef hin. Ich belle und wedle mit dem Schwanz. Gleich geht's los. Endlich.

Er greift aber nicht nach der Leine! Wieso nimmt er sie nicht? Ich will, dass er sie nimmt. Ich belle.

Was macht er jetzt? Der kleine Chef holt etwas aus einer Tasche, die er vom Rücken genommen hat. Eine andere Leine!

Mein Schwanz fängt wieder an zu wedeln. Dann greift er noch einmal in die Tasche und holt meinen

Spielknochen heraus. Ich habe ihn schon vermisst. Er wirft ihn. Ich flitze sofort hin und her. Als ich mit ihm zurückkomme, steht der kleine Chef noch da und wartet auf mich. Mit der Leine in der Hand.

Er nimmt mir den Knochen ab, steckt ihn ein, knotet die Leine ans Halsband und sagt: »Komm, Rocky!« Und zwar im gleichen Ton wie bei den Polizei-Chefs.

Hört sich jetzt richtig gut an.

Ich war froh, dass Evi mitgekommen war, um Rocky abzuholen. Sie hatte sofort Ja gesagt, als ich sie fragte.

»Und ich kann dann jetzt demnächst allein mit dem lahmen Hannes Gassi gehen?«, fragte Evi und linste neidisch zu Rocky, der ganz eng neben mir tippelte.

»Möchtest du ihn mal nehmen?« Ich hielt Evi die Leine hin.

Sie griff gleich zu, und Rocky wechselte die Seite. Er hatte damit nicht das geringste Problem. Ganz im Gegenteil, er schien sich zu freuen. Dabei wollte ich die Leine eigentlich nicht aus der Hand geben. Sollte ich auch nicht. Das hatte Rockys Polizei-Herrchen mir ziemlich eingebläut. Er hatte mich sogar einen Test machen lassen, wollte sehen, ob Rocky mir folgte.

Dann durfte ich Rocky übers Wochenende mit nach Hause nehmen, um zu sehen, wie's lief.

Unter der Woche war er noch bei seinem alten Polizei-Herrchen gewesen. Er und seine Kollegen von der Hundestaffel waren sich noch nicht einig, ob sie Rocky nach seiner verpatzten Prüfung eine zweite Chance geben sollten. Verdient hätte er es. Weil es keinen Besseren gab. Dass er mich auf diese große Distanz vor den jungen Spürhunden finden konnte, wäre grandios gewesen, hatten die Polizisten gemeint.

»Es kann gut sein, dass wir Rocky noch brauchen«, hatte Rockys Polizei-Herrchen gesagt. »Aber an den Wochenenden kannst du ihn jederzeit mit nach Hause nehmen.«

»Was meinst du, können wir es mit Rocky riskieren, an der Eisdiele vorbeizugehen?«, fragte ich Evi. »Vielleicht treffen wir Lisa. Ich hätte da noch eine Rechnung offen.«

»Hm … wenn du die Leine richtig geknotet hast.« Evi grinste.

»Rocky braucht sich heute ohnehin kein Eis zu erschleichen«, sagte ich. »Dem spendiere ich eins.«

»Der hat's gut!«, sagte Evi.

»Okay, dir spendiere ich auch eins.«

Evi nickte und strahlte.

Auweia, hoffentlich hatte ich genug Geld dabei.

»Ich kann dich ja mit Rocky begleiten, wenn du das nächste Mal mit Hannes unterwegs bist«, schlug ich vor, als wir zur Eisdiele abbogen, und musste grinsen bei der Vorstellung: Rocky und ich neben Evi und Hannes. »Und dann können wir auch mal wechseln.«

Stimmt das denn alles?

Ein kurzes Nachwort

Wie ist ein Polizeihund wirklich – so wie Rocky? Oder hat der Autor sich alles bloß ausgedacht? Das habt ihr euch beim Lesen bestimmt hin und wieder gefragt.

In Wirklichkeit gibt es sogar viele Rockys bei der Polizei, auch, wenn sie anders heißen und nicht alle dieselben Aufgaben haben. Da gibt es welche, die können auf einem Gebiet mehr als Rocky, aber auf einem anderen Gebiet vielleicht weniger. Es wird aber bestimmt auch einen Hund geben, der so ähnlich ist wie Rocky.

Um überhaupt Polizeihund zu werden – das ist nämlich gar nicht so einfach –, müssen die Vierbeiner bestimmte Fähigkeiten mitbringen. Zu Beginn der Ausbildung sollten die jungen Hunde nicht älter als zweieinhalb Jahre sein. Sie müssen schnell, wendig, selbstbewusst, charakterfest und nervenstark sein. Von hundert Hunden schafft höchstens einer den Aufnahmetest. Und der ist dann noch lange kein Polizeihund, sondern muss erst eine zweistufige Ausbildung machen. Auch Rocky wurde zuerst zum Schutzhund und dann zum Spürhund ausgebildet.

Der Schutzhund begleitet seinen Hundeführer jeden Tag zur Arbeit – so wie Rocky am Anfang der Geschichte mit seinem Chef zur Hundestaffel läuft. Bei Polizeieinsätzen schützt er ihn vor Angreifern, hilft ihm bei der Suche nach Straftätern und manchmal auch bei der Festnahme von Verdächtigen. Als Schutzhund muss Rocky schnell sein und sich gut zur Wehr setzen können, damit er fliehende Täter stellen und verbellen kann.

Die meisten Polizeihunde werden außerdem zu Spürhunden ausgebildet. Das klappt besonders gut bei Hunden, die einen ausgeprägten Spiel- und Beutetrieb haben. Rocky zeigt dieses Verhalten, als Felix ihn im Tierheim kennenlernt: Er spielt am liebsten mit seinem Knochen. In der Ausbildung wird der Hund nämlich über das Spiel an den Geruch bestimmter Gegenstände gewöhnt. Sein Polizei-Herrchen schnürt ihm dazu zum Beispiel Sprengstoff oder Rauschgift zu einem Päckchen. Damit wird der Hund spielerisch beschäftigt, bis er in der Lage ist, sogar geringste Spuren des jeweiligen Geruchs wahrzunehmen. Wusstet ihr, dass ein Spürhund manche Stoffe eine Million Mal besser riechen kann als ein Mensch? Deshalb kann er bei Fällen helfen, die ein Mensch allein niemals lösen könnte.

Jeder Polizeidiensthund muss am Ende seiner Ausbildung einen Test bestehen. Und nicht nur das, jedes Jahr muss er neu beweisen, dass er seine Aufgaben noch gut erfüllen kann – genau so, wie ihr bei Klassenarbeiten zeigt, dass ihr alles verstanden habt.

Nach ungefähr acht bis zehn Dienstjahren scheidet ein Polizeihund aus und geht in den Ruhestand. Den verbringt er in der Regel in der Familie seines Hundeführers, bei dem er auch vorher schon gewohnt hat. Aber natürlich kann es Ausnahmen geben, wenn zum Beispiel das Polizei-Herrchen so krank wird, dass es nicht mehr gut für den Hund sorgen kann.

Ein Polizeihund wird also nach seiner aktiven Zeit bei der Polizei nicht ins Tierheim abgeschoben und braucht normalerweise auch kein neues Zuhause. Es kann aber durchaus sein – so wie es Rocky passiert ist –, dass der Hund für ein paar Tage in einer Hundepension oder in einem Tierheim bleiben muss, weil sein Herrchen verreist und ihn nicht mitnehmen kann. Dann kann es vorkommen, dass dem Hund andere Personen begegnen, die sein Vertrauen gewinnen – so wie es sich in unserer Geschichte mit Felix zugetragen hat. Und manchmal entstehen dabei richtig dicke Freundschaften!

Natürlich magellan©

FSC
www.fsc.org
MIX
Papier aus verantwortungsvollen Quellen
FSC® C083411

Wir pflanzen Bäume
Für unsere Umwelt
www.magellanverlag.de

Gedruckt auf FSC®-Papier
Lösungsmittelfreier Klebstoff
Drucklack auf Wasserbasis
Hergestellt in Deutschland

1. Auflage 2018

Umschlaggestaltung: Christian Keller
unter Verwendung einer Illustration von Sonja Kurzbach
Dieses Werk wurde vermittelt durch die Literatur Agentur Hanauer.
ISBN 978-3-7348-4115-6

www.magellanverlag.de

$9 \cdot 8 = 7\cancel{8}2$

$18 \div 2 = 9$

$5 \cdot 8 = 40$

$16 - 7 = \cancel{8}9$

$8+7=15$ ↗ $15-12=3$

$6 \cdot 2 = 12$

Klammer zuerst

~~2+3=5~~

$(10-6) \div 2 + 3 = \cancel{10}$ 5

$7 \cdot (5-1) \div 2 = 14$

$7 \cdot 4 = 28$ $28 \div 2 = 14$

Mathe ist doof!